直木賞獲獎作家、《戀愛中毒》作者

山本文緒

fumio yamamoto

王蘊潔——譯

31歲又怎樣

ファースト・
プライオリティー

目錄

孤僻

今年春天人事異動，位子調到我旁邊的女生向我搭話，我停下寫報告的手，看著她。

她問我是哪一所大學畢業的，我回答後，她說：「哇，果眞如此，我聽其他人說過呢。其實我也是那所學校畢業的。這家公司很多員工來自早稻田和慶應大學，在這裡遇到學姊眞開心。我們以前可能就在哪裡見過，啊，我以前在車站前的 Dunkin Donut 打工，不過那家店現在倒了。對了，上星期的送舊迎新妳沒參加嗎？我找了妳半天呢……」一個人滔滔不絕地說了一大串。

我正要回話，有人在後方叫她，她精神十足地回應「有！」隨即站起身來，頭也不回地走了過去，好像我從來不曾存在過。

雖然我對此習以爲常，但把視線移回電腦螢幕時，卻暗自湧起一股憤怒。那種感覺，就像困擾自己多年的肩膀痠痛，常由於某個契機突然忘記或是不經意地想起。我想繼續工作，但剛才構思得差不多的想法卻已經支離破碎了。

調來這家擁有兩千名員工的企業的行銷部已經八年，我也三十一歲了。和我在同一課工作多年的同事，除非業務往來，從來不會找我說話，但搞不清狀況的人就會像剛才那個女生一樣，一廂情願地和我聊天。我知道他們想熱絡彼此的關係，但我就是無法接受這些人。

雖然我在公司裡是出了名的「孤僻、不合群」，但我覺得這其實有點言過其實。我承認自己很孤僻，然而，我並不討厭和別人相處，只是不擅長聊天和社交而已。經過多年訓練，我學會了嘴角微微上揚，擠出像微笑般的表情，不過現在它反倒成了最大的失策。如果我從頭到尾都面無表情，或許可以減少一半的麻煩。

我從套裝口袋裡拿出耳塞，指尖轉動著黃色的海綿栓，塞進耳朵裡。方才找我談天的女生恰巧回座，看到我的舉動，一臉詫異。剛才浪費了十五分鐘聽她講些沒營養的事，害我不得不留下來加班。而且，只要雙方感覺有點投緣，對方就會邀約喝咖啡或聚餐，到時候還要思考怎樣拒絕才不傷和氣，簡直煩死人了。

我小時候比現在成熟多了。我會配合同學聊天的內容擠出笑容，也曾受邀去聽完全不感興趣的偶像歌手演唱會。我害怕那些把我當朋友的人討厭我，明明毫無快樂可言，也會假裝樂不可支。然而，隨著年齡的增長，我越來越無法融入周遭環境。最近，我雖然會心不甘、情不願地參加公司餐會，但看到那些年輕女孩在聽上司聊棒球或說教時頻頻點頭，我有種想掐死她們的衝動。

當然，我並不是對每個人都心懷殺機，其實我相當擅長一對一促膝長談，非但不討厭讀書和工作，而且還樂在其中。所以，我這個「孤僻、不合群」的人也有幾個稱得上朋友的人——一個青梅竹馬的老友，以及就職後，迫於工作需要去上電腦學校時結識的友人。求學時，我曾經和同年級的男生交往，和現任男朋友也交往快兩年了。

有人拍我的肩，抬頭一看，和我同期進公司、被分到其他課的男職員面帶微笑地看著我。他以雙手示意我拿下耳塞。

「妳還是老樣子。」

我並不討厭他，因爲他說話不會拖泥帶水。

「抱歉，打擾妳一下。關於和泉小姐婚禮後的續攤，我們這些同期的決定一起出錢合送禮物給她。我會先墊錢，包括續攤費用在內，總共一萬五千圓左右。」

和我同期進公司的女生下個月要結婚了。這已經是第幾個人結婚了？每次有人結婚，我都得包紅包、浪費一天的假期、說一些言不由衷的祝福、分攤續攤的花費和禮品費。

我並不是捨不得花錢。反正續攤的事自然有人費心張羅，既輪不到我統籌也用不著我去買禮物。大家很清楚我的個性不適合處理這種事，所以都默許「妳只要出錢就好」。

我必須心存感激，這等於免除了我當打掃值日生的義務。沒想到我卻心口不一，脫口而出的竟然是這句話：

「我不去參加婚禮，也不會去續攤，更不會出送禮的錢。」

情不自禁地大聲說完後，周圍人的視線全集中在我身上。他瞠目結舌，小聲地問：

「妳和和泉小姐關係不好嗎？」

「我是說，假日想好好休息。別人結婚是她家的事，與我無關，不要把我扯進去。」

我大發雷霆之際，坐我旁邊的那個女生慌忙逃走了。

加完班，搭末班車前一班電車回到公寓。我筋疲力盡地把門打開，就看到答錄機的燈光在黑漆漆的房裡閃爍。我提著便利商店的袋子，一屁股癱坐在廚房地板上。

我個性這麼孤僻，只有我媽和男朋友會打電話給我。另外那兩個朋友知道我不接電話，有事都會以簡訊聯絡。無論是我媽還是男朋友，我都不想聽到他們的聲音。

好煩。我垂頭喪氣地坐了很久，連上衣都沒脫。都是我的錯嗎？是我不對勁嗎？

上次，我那個青梅竹馬的老友委婉地這麼說我。的確，我真的是漠然地過日子。雖然內心隱藏了諸多不滿，但還是聽天由命、隨波逐流。讀自己的學力能夠應付的學校，進入願意錄用我的企業工作。我覺得凡事不能抱持成見，只要有人邀約，我向來不曾拒絕，沒想到每次都會弄巧成拙。當上了年紀的女人說：「我已經是老太婆了。」我會忍不住回答：「是啊。」當胖女生說：「我不減肥不行了。」我卻回應：「沒錯。」即使我告誡自己，這時至少應該閉嘴，但總是把心思都寫在臉上。

現任男朋友大我三歲，相當沉默寡言，他說就是喜歡我的笨拙。沒想到，我連續幾次拒絕他的邀約後（因爲很累），他卻突然暴跳如雷地破口大罵，「妳當初的可愛跑到哪裡了？難道都是裝出來的嗎?!」罵得我啞口無言。事後，他向我道歉，「是我壓力太大了。」最近他也經常這樣。而我媽打電話來，表面上是擔心我，其實只是要找人說我爸的壞話。

與我無關，我要斬斷一切。

我感到孤獨無助。沒有人認同我。

這時，一個念頭突然在我腦海中閃現。搞不好大家整天喋喋不休，就是爲了排遣這份孤獨。

既然如此，我還是繼續孤獨好了。我站起身，沒有聽答錄機的留言就直接刪除了。

翌日早晨，我一進公司就找部長，部長也在找我。上午九點半，我們就在小會議室內面對面而坐。

我遞上一直寫到凌晨的辭職信。打從我進公司就一直對我照顧有加的部長用力拍了拍自己寬闊的額頭，看到他這驚訝時的習慣動作，我忍不住笑了出來。部長立刻瞪著我。

「妳爲什麼不能在大家面前像這樣笑一笑？」

我一時詞窮，楞了一下才回答，「遇到好笑的事，我當然會笑。」

「公司這麼無趣嗎？」

「工作很有趣。」

部長抓了抓耳垂，連珠砲似地說：「妳的工作能力很強，開會表達意見時簡直判若兩人，還會說笑話逗得大家哈哈大笑。但妳只有在菜鳥時參加一次員工旅遊，之後從來不參加尾牙或是送舊迎新。這些事，還可以解釋成妳特立獨行，但聽說妳最近還會戴耳塞？」

我沒有回答，視線移向部長丟在桌上的辭職信。

「妳這種個性，無論到哪裡都混不下去。別以爲自己可以獨善其身。」

他雖然語氣粗暴，但聽起來不像挖苦，反而充滿憐憫。

「是啊。」

我不討厭上班，也不討厭和人相處。所以，只要費心尋找，一定可以找到不需要戴耳塞的地方。即使找不到，我也無所謂了。

不喜歡就不喜歡，我從來不曾祈求別人的諒解，我又不是靠別人養活。我只在覺得好笑的時候發笑。想到這個世界這麼簡單，我笑得合不攏嘴。

車子

我睡在車上。我並不是喜歡住車上，而是在不知不覺中無家可歸了。我想，那些遊民歐吉桑的心境應該和我差不多吧。只是因爲某種因緣際會或是命運多舛，驀然回首，才發現自己已經落魄至此。

雖然這聽起來有點像在自誇，但我目前生活尚稱寬裕。我開的是BMW的三門掀背車，在待遇不差的公司上班，定期支付汽車貸款，有信用卡、手機，用的是雅詩蘭黛的保養品，還是健身房的白金會員。

「早安，妳每次都那麼早。」

清晨六點，健身房一開始營業，我就現身於櫃檯。幾個身穿白色POLO衫的運動型猛男大聲向我打招呼。一大清早，你們幹嘛這麼精神抖擻。我這麼想著，臉上還是擠出虛僞的笑容。如今，這個健身房已經成了我的澡堂。白金會員的月費是一般會員的三倍，從清晨六點到打烊的十一點間皆能自由使用，並享有免費專用置物櫃、浴巾和停車位。最近，我每隔一天就來報到一次，先裝模作樣地下水游一圈，在空無一人的SPA區放鬆身體，然後走進淋浴間從頭到腳徹底洗乾淨。最後，在休息室小睡片刻後著手化妝，再開車上班。

如果沿途不塞車，三十分鐘就可到達位在塡海造地區的公司。由於我一向提前出發，抵達這家電器零件工廠時，偌大的停車場還有一半的空位。然後，經過通道、電梯和必須輸入密碼才能進入的堅固大門，在打卡鐘前打完卡，即使走得再快，也要十五分鐘。當我推開更衣室的門時，竟然看到有人比我早來一步。

「妳就穿這樣來公司？」

正喝著紙杯咖啡的前輩慵懶地坐在廉價沙發上笑著問我。因爲公司有制服，我最近上下班都穿運動服。

「前輩，妳的套裝和昨天一樣。」

「對，我昨天和男朋友外宿。」

「妳小孩沒關係嗎？啊，慘了，我的絲襪用完了。」

「怎麼可能沒關係。反正我婆婆在家，他也餓不死。這個給妳。」

前輩打開自己的置物櫃，拿出透過郵購大量購買、一雙只要一百圓的新絲襪，遞給正在換衣服的我。她討厭洗衣服，絲襪每天穿完就丟。

「啊，不好意思，謝謝。」

「順便問一下，今晚也方便送我回家嗎？」

「包在我身上。」

這時，工廠的年輕女工神清氣爽地打招呼進門，我們也閉上嘴，默默換好衣服後，走進辦公室。

工作內容很枯燥，所以我整天都昏昏欲睡。但工作量不少，又讓人根本沒時間打瞌睡。把數字輸入電腦，接電話後向上司轉達，按照先後順序，把申訴傳眞放進架子。這份工作我已經做了八年，即使不用大腦，身體也能應付自如，或許這樣反而讓人頭昏腦脹。進這家公司的前三年，我在工廠的生產線工作。那裡的工作也很簡單，但因為絕不能失誤，如果動作太慢會造成大家的困擾，所以整天神經緊繃，調到總務課時曾令我欣喜若狂。不過在這裡，並不是只有我昏昏沉沉，除了課長以外，股長、一般職員、剛才送我絲襪的不良主婦前輩、年輕的女職員，都輪流打著呵欠。

我忍著傳染過來的呵欠，把郵件分類，發現一個寄給我的褐色信封——我媽每個月都會定期寄來。我木然地打開信封，發現和往常一樣，裡面裝了這個月寄給我的郵件。大部分都是廣告信函，只有高中同學身穿新娘禮服的明信片和汽車稅的繳稅通知單吸引了我的目光。

三年前買車後，我的人生突然出乎意料地轉了個向。我的前男朋友稱之爲「墮落」，然而我自己也搞不清楚。我有生以來第一次買的車子就是**BMW**，而且幾乎是基於一時衝動買的。當時我住在老家，是一個日子過得輕鬆愉快的粉領族。那天陪男朋友去中古車行，看到那輛幾乎全新的車子時，不假思索地用剛領到的年終獎金當頭期款買了下來。現在回想起來，那可能是和雖然爲人老實，但整天擺明了「我們老了就要靠妳照顧」的父母生活多年，內心累積不少鬱悶的關係。當我買下這舒適的行動單人房後，經常開車兜風後順道去男朋友家過夜，回家的次數越來越少。在違規停車被開了幾張罰單後，我終於在男朋友公寓附近租了一個月四萬圓的停車位。有一天，當我一如往常地每星期回家一次拿換洗衣服時，撞見了父親，他終於忍無可忍地大罵：「不要再回這個家！」他像寺內貫太郎（註）一樣，把我從簷廊推了下去，我趁此機會離家出走。父母以爲我過一段時間就會回家，然而，我卻已經兩年沒踏進家門了。

之後，我和男朋友同居了一年多，最後也以分手告終。當初是我去投靠他，這麼說雖然有點怪，但連我自己都懷疑我們的關係怎麼可以撐那麼久。兩個大人一起生活在單人床就佔了半個房間的套房內的確辛苦，蜜月期轉眼就消失了。他漸漸對我感到不耐，但我利用他的優柔寡斷，知道他不可能叫我「滾出去」，故意假裝後知後覺地繼續賴在他家。直到有天晚上，他發現我用他的刮鬍刀剃腋毛，忍不住一臉疲憊地對我說：「妳賣掉車子，不就可以用停車位的租金和貸款的錢租房子。」這不用他說我也知道，不過，我寧願和他分手，也不願意放棄車子。

在等待不良主婦的危險戀愛遊戲結束期間，我開車在東京都內四處遊蕩。我在陌生的十字路口轉彎，開進從沒去過的狹巷內，不斷轉動方向盤。開車眞是一大樂趣。有時候找了半天都是單行道，始終轉不出來，這也讓我感到趣味無窮。有時很想開車撞那些騎腳踏車的國中生，或是從來不知道閃避車子的老太婆，但每次都只是想想而已。

搬出前男朋友家後，我曾經試圖找便宜公寓，但帳戶餘額爲零，首先必須存錢，才能支付佣金和押金，爲此必須放棄車子。惟獨這件事，我千百個不願意，所以問題始終無法解決。當我已經懶得再買租屋雜誌的某個星期天，在逛跳蚤市場時，我買了睡袋和呢料的防風衣。

我早就退了前男朋友家附近月租四萬圓的停車位，晚上把車子停在高速公路的休息站

註：日本作家向田邦子（一九二九～一九八一）的作品《寺內貫太郎一家》中的頑固老爸。

或郊外公園的停車場，正式展開睡在後座的生活。我把以前掛在車窗上的娃娃拆了下來，以免別人猜出車主的性別，又在後座貼上深色隔熱紙，但還是發生過好幾次被人用力搖晃車身許久，或買飲料時遭變態男子跟蹤的情形，嚇得我魂不附體。

如果說我從來沒流過淚，或是從來不曾感到疲倦是騙人的。但我就這樣熬過一個冬天，既沒凍死，也沒被人強暴。「自由」這字眼儘管聽來廉價，但事到如今，我已經感受不到非租房子不可的理由了。

丟在副駕駛座上的手機響了，我接起來電。前輩帶著醉意的尖銳嗓音報出位在西麻布十字路口一家冰淇淋店的店名。我之前曾說她夜夜去偷情、去酒店，拋夫棄子，四處玩樂的精力實在令人敬佩，反而被她嘲笑三十一歲的人無家可歸才更了不起。我原以爲她四處玩樂是因爲不想回家，但事實上可能不是這麼一回事。別人的事眞費解。

十五分鐘後，我到了西麻布，前輩剛好從店裡走出來。她像往常一樣，默然不語地坐上副駕駛座。濃烈的酒味撲鼻而來。

「回家嗎？」

她像小孩子一樣用力點頭。她住在郊外的新社區，從都心搭電車單趟就得花兩小時。最近，我經常在她玩累的時候，像現在這樣送她回家。然後，把車子停在她家附近睡一晚，第二天早晨再載她一起去公司。

「前輩，我可以加油嗎？」

我問垂頭喪氣地坐在副駕駛座的她，她悶不吭氣地從錢包裡抽出一萬圓紙鈔放在我腿上。上高速公路前，我開往加油站，加滿汽油，用那張萬圓鈔付了錢，把找零和發票一起遞給她。她默不吭聲地放回皮夾。

穿越首都高速公路，今晚路上格外冷清。我開心地把ＭＤ的音量調大，奮力踩下油門，在燈河下時左時右地轉動方向盤，把計程車和長途貨車拋在後頭。

突然，我發現前輩在一旁無聲地哭泣。我強忍著想咂嘴的衝動。

夫妻

離婚後再度回到娘家，房子、父母、貓和所有的一切都變老了。高中畢業，離家前往東京讀專科學校時，這棟房子已經搖搖欲墜，如今簡直和廢棄屋沒兩樣。不過，在庭院精心修剪的樹木包圍下的小平房，整理得比我以前住的時候更加井然有序。靠簷廊的窗戶擦得光可鑑人，薄質夾板的走廊上一塵不染。

「妳爸退休後，每天都會打掃。」

當我提及這件事時，母親開心地對我這麼說。母親向來不擅長家務，經常丟三落四，曾經弄丟我要交回學校的畢業旅行申請單，甚至連聯絡簿都找不到，令大家傻眼。

我在東京期間，父親從工作多年的罐頭工廠退休後，他和母親在家裡的角色便完全顛倒了。母親仍然持續原本的計時打工，父親則一手包辦原由母親負責的家務。

相隔十三年後再次一起生活，雙親的鶼鰈情深令我驚訝不已。我還是小女生，住在家裡時，他們偶爾會起爭執，但上了年紀卻越來越懂得相互體諒，無論談話的內容還是用字遣詞都客氣得令人難以想像他們是夫妻。

「老婆，這些鰹魚是賴子特地送過來的。」

「是嗎？真開心，我等一下打電話給她。賴子還好嗎？」

「她挺著個大肚子開車，我數落她不可以這樣。她說沒關係，但我還是堅持開車送她回去。」

「老公，那你坐公車回來嗎？」

「不是，洋平開車送我回來的。」

「那不是反而給他們添麻煩嗎？」

「對啊，老婆，還要不要添飯？」

「謝謝，半碗就好。」

橙色燈光下，我們圍坐在鋪著粗糙塑膠桌布的餐桌吃晚餐。父親走到我小時候家裡就有的花卉圖案電鍋旁，爲母親盛了飯，回到餐桌。然後，才好像第一次發現我的存在似地探頭看著我的飯碗問：「美帆呢？」

「我自己盛，謝謝。」

連我說話也跟著彬彬有禮起來。我起身盛了剛煮好的飯，一邊回想起在東京之際，因爲擔心發胖從沒吃過兩碗飯。而當我回頭看時，發現比以前小了一圈的父親和母親正把臉湊在一起吃吃笑著。好幸福。當我閃過這個念頭時，不禁熱淚盈眶，趕緊低下頭，剛好看到養得肥肥胖胖的貓經過我腳邊，走向飯桌。

「哎呀，小咪，你回來啦？」

「這是今年剛上市的鰹魚，要不要吃一點？」

餐桌旁放了四張椅子，以前是父母、我和弟弟洋平一起吃飯時坐的。那隻貓大搖大擺地爬上椅子，其實並不是想吃魚，只是坐在餐桌旁發呆。這隻貓上了年紀，牙齒幾乎都掉光了，父親把魚放入嘴裡咀嚼後，送到牠面前。貓伸出鼻子聞了聞，吃了一小口。

「對了，美帆，洋平叫妳打電話給他。」父親突然想起來說道。

「是嗎？有什麼事？」

「不知道，我沒問。」

「等一下我打給他。我吃飽了。媽，碗放著，我等一下會洗。」

「好，好，謝謝妳。」

父親和母親吃完晚餐，會坐在電視前喝茶、吃當季水果，悠閒地度過睡前時光。我實在無意打擾他們。

我在和廚房之間只隔著一條布簾的更衣室裡脫下衣服去洗澡。如果東京的朋友看到我家浴室仍像以前一樣貼著五彩繽紛的磁磚，搞不好會說很時尚呢。父親傍晚已經洗過澡，小水桶上放著擰乾的毛巾。我泡在熱水中，仰望著高高的天花板，嘆了一口氣。

離婚後回到這個家已經一個月，差不多該思考以後的出路。我在東京當過牙科護士，或許在此處也找得到類似的工作，但我想暫時遠離這個行業。

我從專科學校畢業後進入的第一家牙科醫院，是一家秉持良心看診的小醫院。在那裡工作三年後的某一天，我和幾個診所同事參加牙醫從業人員的派對，認識了後來的丈夫。他外表溫和，卻相當有雄心壯志，他說即將開一家美容牙科診所，問我能不能去那裡工作。也許這麼說有點像在自我吹噓，但當時我年僅二十四歲，男人緣好得離譜，我立刻知道他對我一見鍾情。認識的翌週，我和他已經躺在摩天大樓的飯店床上。在他的醫院開業的同時，我們在那家飯店舉行了盛大的婚禮。

我和他之間並非沒有過幸福時光。醫院開張不久，為了使鉅額投資迅速回本、增加利潤，無論他還是我，以及其他工作人員都廢寢忘食地工作。雖然那時手頭並不寬裕，但在休診日前一天，我們會和其他同事聚餐，說說笑笑，暢談自己的夢想。

就像常見的故事般，當醫院逐漸步上軌道，我們搬離租賃公寓，買了獨門獨院的房子，院子裡停了兩輛進口車時，我們的生活開始變了調。雖然我對丈夫沒什麼不滿，卻逐漸感到不安。丈夫對我說，我在醫院的時候，那些年輕護士都很不自在。的確，我知道自己常常疑神疑鬼地擔心丈夫和那些年輕護士眉來眼去。於是乾脆眼不見爲淨，我辭去醫院的工作。丈夫又說，差不多該生孩子了，我也覺得這是個好主意。然而，事與願違，我遲遲無法懷孕，內心的不安與日俱增。

就在那時，我父母剛好來東京參加親戚的婚禮，在我家住了兩天。父親和母親似乎和丈夫合不來，即使一再請他們不需要客氣，他們仍然一臉緊張地對我丈夫說一些場面話，但是，卻又完全沒稱讚在我們夫妻的努力下，終於買了位於世田谷的獨門獨院房子和兩輛車的事。

現在回想起來，那或許是一切的導火線。當時我突然對自己心目中的理想生活感到空虛。我打電話給前男友，玩起戀愛遊戲。沒想到對方卻動了眞情，無法輕鬆收場。當然，我也想讓丈夫感受一下這種空虛的心情，便故意請外遇對象來家裡作客，或是特地叫他在我丈夫在家的時候打電話給我，丈夫立刻察覺我的外遇。

丈夫當然不可能原諒我，他用信封裝了一疊厚厚的現金放在我面前，強忍著淚水叫我回娘家。我只能乖乖服從。

洗完澡時，我發現母親正眉飛色舞地講著電話，一看到我，立刻把電話遞給我。那是沒有答錄機功能的撥號式電話，聽筒中傳來弟弟的聲音。

「姊姊，如果妳沒事，可不可以請妳從明天開始，來店裡幫我三天？」

他劈頭就這麼問，令我不知所措。

「店裡打工的歐巴桑家裡有人過世，得請假。」

「……我無所謂。」

「那就拜託妳了，我四點去接妳。」

說著，弟弟就掛上電話。他說的不是傍晚四點，而是清晨四點，那我差不多該睡了。這麼想著，抬頭一看，發現父親穿著汗衫、襯褲，母親穿著奇怪圖案的夏威夷服，坐在榻榻米上，看著電視哈哈大笑。廚房的流理台上，放著已經洗乾淨的碗盤。

洋平果眞在凌晨四點來接我，一看到我的臉，立刻面露不悅。

「根本不需要化妝嘛。」

「嗯，沒關係啦，我習慣了。」

「我無所謂。」他輕聲嘀咕了一句，就坐上小貨車。他在海港附近的市場做魚漿批發生意，公司規模不大，但好歹也是公司的老闆。他三年前結婚，太太肚子裡的寶寶這個月就要出生。弟弟默默開著車，行駛在黎明前的道路上。他和我們的父母一樣，過著腳踏實地的生活。

我看著他的臉問：「爸爸和媽媽爲什麼感情這麼好？」

「我不知道，因爲他們是夫妻吧。」

他回答得很乾脆，令我再度陷入混亂。不知道是否察覺了我這個做姊姊的心情，他不發一語地把車子停在市場的停車場。市場內充斥著魚腥味和難以想像是凌晨時間的喧鬧聲，我跟在弟弟身後，走在潮濕的水泥地上，差一點撞到載著大紙箱的手推車，慌忙躲到一旁。

「喔，洋平，今天怎麼帶一個漂亮大姊？」一個皮膚黝黑的男人大聲問道。

「她是我姊啦，已經三十一歲了。」

「喔，怎麼一點都不像？」

我手足無措地跟在弟弟後頭，看到弟妹挺著大肚子，繫著圍裙，腳上穿著橡膠雨鞋，笑容滿面地向我打招呼。雖說是孕婦，但她還是比當年在婚禮上見到時胖了不少，也變醜了。

不對。我暗自想道。我當年離開這個城市，就是爲了逃避這種生活，如今看著他們，爲什麼卻又興起羨慕之情呢？

我轉身快步走向市場出口，剛才的男人在我背後語帶調侃地問：「大姊，要不要嫁給我啊？」

處女

三十一歲的我還是個處女。這絕對不是姊姊的錯。但當我這麼想時，其實已經把責任歸咎於姊姊了。

自從我來到人世，一直和年長兩歲的姊姊住在一起，我們都沒有結婚的跡象，從今以後也會一起生活到老死。我家是單親（母親）家庭，母親在五年前因心臟功能不全離開人世。不過在很久之前，家裡的主導權就由姊姊一手掌握，母親的死對我們的生活並沒有造成太大的影響。

至於姊姊的外貌，一言以蔽之，就像女子摔角手。她的合氣道和空手道都有段數，體型比真正的女子摔角手嬌小。不過，時下的女子職業選手通常頗有女性或個人魅力，從這個角度來說，姊姊只是符合一般人對女子摔角手的刻板印象，是個毫無女人味的三十三歲單身女子。她從小就把頭髮理得很短，戴著一副銀框厚重眼鏡，離開體育大學的合氣道社後，身體不斷橫向發展。她不僅從不化妝，連防曬油也懶得擦，臉上、脖子和手背上長滿雀斑。但她仍毫不在意地穿著幾乎快要被她撐破的工作服，在公司的辦公桌前翻著體育報。其實，我和姊姊簡直就像同一個模子刻出來的，而且我們還在同一家公司上班。在我專科即將畢業時，她直接找上社長，請他僱用我。在畢業前的求職過程中，已經慘遭幾十家公司拒絕的我對姊姊感激涕零。

「迷你拉，茶葉用完了。」

營業部長不是對著悠然地喝晨間咖啡的姊姊說，而是對繼續整理昨天未完成貨單的我吩咐道。我不發一語地起身，從櫃子裡拿出庫存的茶葉袋。

「可以請妳順便泡四杯茶，送到會議室嗎？有客人。」

如果是姊姊，這時一定會毫不猶豫地說：「我在忙，請你自己處理。」但我是哥吉拉(註)手下的迷你拉，即使心不甘情不願，也不得不點頭答應。

我動作俐落地泡好茶，送進會議室，面無表情地把茶放在客人面前，連聲招呼也不打。我想到必須在中午之前整理完貨單，便快步走出會議室，關上門時，聽到身後的客人說：「你們的事務員真醜。」然後，又聽到部長壓低嗓門回答：「我們公司還有比她更醜的。」

回到辦公桌時，我看見姊姊終於收起報紙，正叼著菸打開電腦。她一旦進入工作模式，就全神貫注、心無旁騖，如果找她說話可能會被一腳踢得老遠。大家並不僅是因爲外貌在背地裡叫姊姊哥吉拉，而是她工作時比任何人都更加聚精會神（應該說任何人都無法影響她）。她俐落地處理完所有工作後，在五點準時下班。而我卻因此遭到波及，一些泡茶、影印瑣事經常落在我頭上，根本無法準時下班。姊姊當然不可能協助我，一到下班時間就自言自語地大聲說：「五點了。」轉身朝更衣室走去。頓時，小小的辦公室內眾人鬆了一口氣。上司和那些領時薪的歐巴桑毫無顧忌地閒聊起來，我不會加入他們，只顧埋頭趕快處理手頭的工作，最晚在姊姊下班的一小時後離開公司，然後在電車上思考冰箱裡有什麼剩菜、要再買什麼食材做今天的晚餐、明天的早餐和中午的便當，並在地鐵車站前的超市買完菜才回家。姊姊五點下班後會直接去教小學生合氣道，八點左右才回家。在她回家之前，我必須把晚餐端上餐桌。

這種生活從母親在世時一直維持至今，應該也會繼續下去。我們居住在從祖父那一代就已經入住的破房子，因爲是自己的，不需繳房屋貸款，兩個人的薪水再加姊姊的打工費，足以應付目前的生活。我們心照不宣地厲行節約，儲蓄養老基金。雖說是節約，但其實我們從來沒有「奢侈」的概念，除了最低限度的生活必需品和伙食費以外，沒有其他地

註：日本東寶電影工司製作的怪獸電影系列中的角色，爲身高達一百公尺的恐龍型怪獸。

方可花錢。無論衣服、鞋子或銀行帳戶，我們都共穿共用，更可怕的是，我們連內衣褲也是共穿，只有牙刷是各用各的。

「哇，好香，今天吃什麼？」姊姊準時回家，朝廚房探頭問道。

「今天的小竹筴魚不錯，我買回來做南蠻漬（註），另外還有蠶豆炒蝦，杏仁南瓜沙拉。」

「那我先洗澡。」

姊姊把道服丟進全自動洗衣機（洗完之後當然是我晾）後，舒服地去泡澡，當她洗完澡，從冰箱裡拿出大瓶啤酒時，如果菜還沒上桌，她會很不高興。因爲她一整天的期待都凝聚在這一刻。

今天，我也千鈞一髮趕在姊姊洗完澡、身穿舊T恤哼著歌並打開瓶裝啤酒時，把炒菜裝盤放在她面前。離開公司後還沒有機會坐下來休息的我，癱倒在廚房的椅子上。

「妳也喝吧。」姊姊很難得地邀我同飲。看來今天她的心情很不錯。

「妳看看這個，這是合氣道教室的學生家長給我的。」

姊姊遞給我一張旅遊簡介。黑白印刷，沒有照片，看起來很不吸引人。

「檀香山六天，九萬九千圓？」

「八月這樣的價格很便宜了，她老公在旅行社工作，這可是員工價。她說我平時很照顧他們，才算我們那麼便宜。」

「是嗎？」我無力地回答。

每年一次的旅行是姊姊唯一的享樂，通常是在公司比較不忙的夏天出門。姊姊似乎相當樂在其中，每年都不知道去哪裡找來這種廉價行程。我從來不覺得和姊姊一起去度假是件快樂的事，但也懶得拒絕，因此每次仍和她同行。

姊姊在公司裡幾乎不和任何人（包括我）說話，但一回家就很聒噪。她的話題不外是公司的人以及合氣道教室那些母子的壞話，我則默默地聽她數落。雖然姊姊的話總是充滿惡意，但通常一針見血。果不其然，她也數落了我白天忙得分身乏術，還幫客人倒茶的事。

那些領時薪的歐巴桑經常說：「妳如果不離開妳姊姊，就一輩子交不到男朋友。」我想，即使我離開姊姊，順利戀愛、結婚後，生活應該也和現在差不多——對一家之主的尊敬和畏懼，以及靠著某種灰心和安心支撐著每天的生活，雖然沒什麼特別快樂的事，但也沒什麼不滿意。想到婚後還會有小孩，反而讓我更煩惱。

姊姊似乎曾經短暫地交過男朋友，我幫忙接過幾次電話，但很快就沒了下文。我看著

註：先將魚油炸，再加入蔥、辣椒等醃醋汁中醃製的烹飪方法。

姊姊T恤下沒穿胸衣而凸出的乳頭，猜測著她到底是不是處女，但還是不得其解。當一直開著的電視上的綜藝節目換成愛情劇時，她漠無表情地按起遙控器轉到棒球比賽。我對棒球和愛情劇都沒有興趣，看到姊姊的菜快吃完了，起身去拿醬菜給她。

我從來沒交過男朋友，甚至不曾喜歡過男生。雖然懷疑該不會是自己有什麼重大缺陷，但我沒給任何人添過麻煩，也並沒有刻意壓抑自己。對我而言，戀愛只是電視和電影裡發生的事，對我和大麻或是安非他命之類的東西差不多。雖然知道世界上的確存在這些東西，卻離我們的狹小世界很遙遠。聽說男人沒有女朋友時，會去聲色場所獻出自己的第一次。我對性的慾望沒那麼強烈，之前曾經在電視上看到二十歲左右的女生說，如果一直沒有這方面的經驗，會在朋友面前抬不起頭。不知道是幸還是不幸，我沒有朋友，不需要逞強。姊姊是我唯一的朋友。

「這眞好吃。」

當我夾起從米糠醬（註）裡拿出來的茄子時，姊姊對我說。

「還醃得不夠徹底。」

「不，很好吃。如果我是男人，一定想娶像妳這樣的女孩子。」

聽她這麼一說，我渾身的毛孔都忍不住發抖。姊姊帶著微微的醉意露出笑容的樣子，勾起我遙遠記憶中，總是渾身酒臭的父親的臉，但這種感情的波濤很快就平息了。

如果沒有姊姊，我是否會活不下去？我內心產生這個疑問，但立刻得出「NO」的結論。即使姊姊突然暴斃，我也活得下去；可是如果我死了，不知道姊姊能不能活下去。

如今，我們的關係既不好，也不壞。我的空手道段數和姊姊不相上下，如果我們真的痛打對方，也許會有其中一人喪命，但並不一定是姊姊贏。也許有朝一日，我也會結婚。我有生以來第一次產生這種預感。

註：用來醃醬菜的一種醃料。

嗜好品

「吸菸過量，有礙健康。」當我讀出印在菸盒上的這話時，有希張開惺忪的雙眼。她白皙的臉埋在乾淨的床單和羽毛枕上，只有一雙眼睛和短髮又黑又亮。

「對了，阿優，都沒看到你抽菸。」

「戒了。」

「嗄？爲什麼？」

「沒爲什麼？我也是有很多苦衷的。」

「是喔，眞辛苦。」

她裸著身體坐了起來，從我手上搶過菸盒，拿起飯店的火柴點上菸，陶醉地抽了起來。誘人的香味讓戒菸的我在瞬間忘了自己爲什麼戒菸。對了，我所居住的英國北部城市的社區內，幾乎沒有人抽菸。在那裡，一盒菸的價格比日本貴一倍以上，去年娶的英國籍老婆懷孕了，我便利用這個機會戒了菸。如此一來，既不會惹太太不高興，也有益即將出生的寶寶的健康。沒想到也因此改善了同事對我的印象，大家都稱讚我變成熟了。

「我不會勉強你，但至少每年讓自己放鬆三天吧。」有希用溫存後慵懶嬌媚的聲音說道。

聽她這麼一說，我毫不猶豫地把她遞來的菸叼在嘴上。有希爲我點了菸。當我把臉湊近她掌中的火焰時，在窗簾緊閉的房間內，看到她臉上洋溢著慈愛的微笑。那不像凡人的臉，充滿了神聖的光輝，令我不寒而慄。黎明時抽的大麻可能還殘留在體內吧。我這麼想著，抽了一口有希從國中時就開始抽的日本涼菸，立刻被嗆到了。

「妳抽的菸很烈喔。」

有希瞇起眼睛，沒有回答。

有希和我在日本及英國各自擁有家庭。從二十四歲起，我們每年會在阿姆斯特丹的飯店同住四晚。這幽會只曾在她生產那年取消過一次，今年是第六次。如果這發生在別人身上，我一定會覺得很浪漫。但打開天窗說亮話，無論她還是我，都只是希望每年可以有一次機會擺脫日常生活，不需要擔心法律問題，完全沉迷於大麻和越軌的性愛。

睽違一年重逢的當晚，我們會先到附近的咖啡店採買食物，接下來就是永無止境地重複性愛和短暫的睡眠。用這種方式度過三十六個小時後，彼此才終於恢復平常心，穿上衣服去餐廳。

「三天的時間根本就不夠。」

雖然每次都住四晚，但實際上只能短暫相處三天。如今，她已不再認眞看待我每年必說的抱怨了。

「覺得不夠才剛剛好。」她對著鏡子化妝的臉上帶著笑意。

這也是她一貫的回答。「好了。」有希說著站了起來。她已經三十一歲了，穿著小號禮服的胸部和肚子仍相當平坦，難以想像是一個孩子的媽。她個子很高䠷，每次見面，她的頭髮就變得更短，如今是一頭超短髮型。她身上散發出不協調的魅力，分不清她到底是成熟還是孩子氣。她雖稱不上美女，但很聰明，也很可人。

「我們爲什麼沒結婚?」

聽到我這句情不自禁的自言自語，她又笑了。

「這句話你也是每年必說。」

我們沿著夏季結束、不見觀光客身影的運河岸邊散步，前往餐廳。從日本來到此地的有希在夜色中拉了拉大衣的衣襟，開心嚷著：「好冷，好冷。」

「阿優，你的工作和家庭還好嗎？」

「都很順利。我老婆懷孕了，上個星期才知道。」

「哇，恭喜你，太好了。」

「謝謝，不過和妳聊這些正經事，心情很複雜。」

聽我這麼一說，有希笑得花枝亂顫。我和她在國中三年的最後交往了半年，我是不良少年，或者說是小混混，穿著寬筒褲、立領上衣的學生服，甚至敢向老師恐嚇勒索；她乍看之下很乖巧，卻也是問題學生，不僅不和老師說話，就連對班上的同學也愛理不理，不是目中無人，就是斜眼瞪人，和現在的她判若兩人。

國中畢業後，我連高中聯考也沒考，就在父母的密謀下被送往英國的叔叔家。可能他們覺得我若繼續留在日本，早晚會闖下大禍。我父母的計謀算是得逞了。住在凡事都不干涉、也不會照顧我的單身怪胎叔叔家，我內心的焦躁漸漸平息下來。最後像其他人一樣去學校讀書，放假時，和大部分學生一樣在歐洲各地自助旅行。

除了我會在旅行途中寄明信片給有希之外，我們一直維持互寄生日卡和聖誕卡的習慣。在我逐步改邪歸正期間，她也找到了和他人相處的方式，對生活樂在其中。二十四歲時，她捎來「我要到安特衛普（Antwerp）出差，回程時要不要約個地方碰面？」的訊息。當初約在阿姆斯特丹並沒有特殊用意，但現在回想起來，也許我當時就希望和她建立像現在這樣的關係。

將近十年再度重逢，有希已經從一個像驚弓之鳥的神經質女孩變成服飾品牌的採購，臉上始終掛著沉穩的笑容。當時她已經和年紀比她大上一輪的丈夫結了婚，不過這根本沒有任何影響。國中時不顧一切脫得精光，相互渴求的情感再度甦醒。她似乎也早做好心理準備了。

於是，無意再回日本的我，和不可能放棄工作及家庭的她約定每年碰面一次。她在日本預約飯店，支付住宿費用，我則負責當地的開銷。我們住的飯店一年比一年高檔，而我也不斷提升餐廳的等級，努力工作，也組了家庭。這一切，都是爲了讓有希安心。

「對了，豐悅（註）是誰？」

在一家頗具歷史的印尼餐廳吃著熱炒時，我突然想起這件事問她。

「他是演員，怎麼了？」忙著剝蝦殼的她頭也不抬地回答。

「飛機上坐在我旁邊的日本女生說我很像他。」

「嗯，的確有點像。需要我回去 E-mail 照片給你看嗎？」

「不用……他比木村拓哉更帥嗎？」

註：日本演員豐川悅司的暱稱。

「沒人比你帥。我看你還是偶爾回趟日本吧？」

她在蝦肉上淋了大量魚露大快朵頤。

「這麼一來妳會和我在一起嗎？」

有希對我的話向來一笑置之，此刻卻放下叉子直盯著我。

「如果你是認眞的，那我告訴你，絕不可能。否則，我們來這裡就失去意義了。」

我很清楚，她並不是因爲在日本過得不順利，才心煩意亂地沉迷毒品、搞外遇。她喜歡我，就像她喜歡香菸和咖啡一樣。

「我知道。」我認眞地回答。

阿薩姆冰紅茶、剛磨好的咖啡豆、散步途中的巧克力蛋糕、飯後的一支菸和白蘭地，以及睡前的熱可可。還有做愛前的大麻、一年一度的幽會——她很有分寸地享受這一切。有希曾說：「中毒的人無論做任何事都會中毒。」她周圍似乎有許多無論是對工作、運動、減肥或是戀愛中毒的人。

最後一夜，我以純銅的菸斗吸著大麻，任自己陶醉其中。渾身的緊張慢慢消除，覺得自己與世無爭。身心徹底放鬆，感覺卻格外敏銳，快感加倍。彷彿這個世界充滿美好，過去所有的罪惡都能獲得原諒。她笑著說，如果日本有這種東西，大家會喪失工作意願。

我不知道已經有孩子的她對家人謅了什麼藉口，才能每年前來赴約，但我有一種預感，未來好幾年，甚至二十年、三十年，我們都會維持這種關係。雖然這是我求之不得的事，但當我摟著她，在享受快感的同時，也感受到一股不可言喻的痛楚。妻子不曾讓我有這種感覺，她就像用慣的毛毯和早餐桌上的麵包，隨時令我感到安心。在日本，應該也有人會讓有希產生相同的感受吧。

我凝望著心滿意足地進入夢鄉的有希，躡手躡腳地下了床，拿起她的手提包，打開扣環。看到和皮夾、手帕、化妝包放在一起的面紙，翻過背面一看，是地下錢莊的廣告，一定是她在街上拿的。我第一次看到她身爲平凡家庭主婦的一面。我把最後一小袋大麻連同買來時的塑膠袋一起塞進她的化妝包內。當她發現時，不知道會放聲大笑，還是從此不再來。我不得而知。

社畜

以前曾經聽人說，公司員工可以分為兩成的人材、五成的庸材和三成的蠢材。照這個標準，我應該屬於那三成的薪水小偷。我並不是謙虛，而是回顧踏入社會這八年期間的所做所為——每天在大型家電廠通信機器部門聽命行事，不花大腦地完成上司交代的工作——而得出這樣的結論。

「妳們不覺得吉住小姐其實也是社畜（註）嗎？」

「嗯，搞不好，不過她和主任算是不同類型的，況且還是理事的姪女。」

「妳們有沒有仔細觀察過，她全身上下都是名牌喔。」

「她那傻傻呆呆的樣子就很大小姐。」

註：此處的「社」即「公司」之意。

我坐在廁所內抱著穿著絲襪的腿聽著幾個女生談笑。吃完午飯後，我實在無法克制睡意，偷偷溜到廁所坐在馬桶蓋上打瞌睡，沒想到竟然聽到別人在聊自己的八卦。我腦筋一片空白，無法理解「ㄕㄜˋ ㄔㄨˋ」是什麼意思。是指「社蓄」(註)，就是公司內儲蓄的意思嗎？是說我存了不少錢嗎？我暗自思考著，聽著她們的聲音越來越遠，走出廁所洗手的時候，突然想到該不會是「社畜」吧？

去年新建的辦公大樓裡，嶄新的廁所鏡子映照出身穿合身套裝（正如大家所說的，是姊姊給我的五年前的名牌流行款）、三十一歲的我——既不時髦也不落伍的髮型和化妝、圓臉上一對惺忪的眼睛。竟然說我是社畜！但仔細一想，又覺得言之有理，連我自己都忍不住點頭認同。

在我至今為止的人生中，幾乎沒被人說過壞話，所以，我並不覺得深受打擊，反而感到新鮮。我已經徹底清醒，略微緊張地走回辦公室。沒有隔間的寬敞辦公室海中浮出一片辦公桌島，因為下午要開會，裡頭聚集了比平時更多的人，電話鈴聲和笑聲響徹整間辦公室。

「吉住小姐，妳剛才去哪裡了？可以打擾一下嗎？」

我才看了主任一眼，他就對我這麼說。我慌忙跟著他走出去，瞥見剛才那幾個女人在辦公桌島中互相使眼色，表示「我就說吧」。這些每次聚餐必定喝到第三攤，即使去KT

V歡唱到天亮，仍可照樣光鮮亮麗上班的二十多歲小女生，簡直讓人懷疑她們家裡有御用造型師和化妝師。雖然我離那年紀也不過短短幾年，但我已經想不起自己當年是否也曾這樣。

個子比我矮小的主任站在空無一人的吸菸區點了一支菸。周圍明明沒有人，他那雙眼睛卻像吉娃娃似地東張西望。

「妳決定了嗎？今天的會議上應該會宣佈。」

高層不是已經決定了，我還能怎麼辦？我心裡這麼想，卻沒說出口。剛才那幾個小女生說主任是「社畜」，我也覺得名副其實。他絕對服從高層的指示。當直屬上司換人時，他也會立刻見風轉舵，改變自己的主張，順從新部長的意思，簡直就像公司的家畜。上個月內部重新整頓又換了頂頭上司，他再度發揮擅長的牆頭草性格，大家更看不起他了。老實說，如今，整個部門只有我還會答理這個個性懦弱、滿腦子只想往上爬的主任。不過，這種事根本無所謂，我只是對比自己年輕的人當上自己的上司有點感慨。

「妳要做好心理準備，我也會儘可能幫妳。」

好。我有禮地回答後，先回座了。我心裡很清楚，大家假裝沒在看我，卻用眼角餘光

註：原文為「社貯」，日文中「貯」（儲蓄之意）與「畜」同音。

追隨著我的身影。

每週一次的聯絡會在開會之前，氣氛就很沉悶。包括總部長、部長、課長、代理課長、主任、副主任和幾名像我一樣的一般職員在內，總共差不多二十幾名成員參加。幾個月前的總部長讓手下的年輕人自由發揮，結果導致競爭公司吞噬了我們的市場佔有率，他如今不知道被調去哪裡了。從其他部門空降而來的新總部長從經營策略到日常業務，連每日工作匯報的寫法都要干涉。這位獨斷專行的總部長很快就喪失民心，只要他出席的會議，氣氛就變得異常凝重。坐在我身旁、比我早一年進公司的女職員也心浮氣躁地轉動著手上的原子筆。

她和我不同，屬於那兩成的人材。因爲她不是靠關係，而是自食其力地進入這家公司。這十年來，我們公司在學生夢想進入的企業排行榜上名列前茅。但因爲是大企業，靠關係走後門進公司的人也不在少數。像我這種整天渾渾噩噩的人要到很久以後，才發現原來自己走的是旁門左道。

在我懂事之前，就被送往知名私立幼稚園就讀，之後就像搭電扶梯般一路讀到大學。後來，從小就很疼我的叔叔對我說：「妳來我們公司上班好了。」我從來不曾感到不自在，或有什麼不對勁，但隨著年齡的增長，逐漸意識到自己比大多數人幸運，良心的呵責甚至令我感到自卑。自己的一事無成，我最清楚。身旁坐著的是無法搭電扶梯，只能靠一己之力一步步走上來的人，她的記事本上密密麻麻地記滿了筆記。

「剛才也提到了，新服務部門由加藤主任擔任負責人。」

課長讀完報告，周遭響起一陣稀稀落落的掌聲。主任假裝面無表情，但嘴角露出得意之色。

「另外，由吉住小姐擔任副主任，負責輔佐，下週將公佈正式的人事命令。今天的會議到此結束。」

所有人都大吃一驚。誰都認爲坐在我旁邊的那位女性儲備幹部比我更適任，在昨天有人向我悄悄透露這個消息之前，連我都這麼認爲。坐在我身旁的前輩露骨地對我面露不屑。

「這是主任的意思吧？」聰明人往往有辦法讓自己很快地冷靜下來。她已經斂去臉上的驚訝，露出淡淡的微笑。與會者紛紛離去，誰都不願淌混水。我也很想溜之大吉，但我實在無法無視她。

「比起我這種不聽話的人，搞不好公司覺得像妳這種沒什麼本事的人更容易使喚。」

她不像在挖苦我，更像在自言自語。我只好悶不吭氣。

「我懂了，這裡容不下我。繼續留在這種地方也只是虛度光陰，我會遞辭呈。」

我想說點什麼，卻不知道該說什麼，只能看著包鞋的鞋尖。我能理解她無法加入新企畫團隊所承受的打擊，但根本不需要把事情看得那麼嚴重。難道自尊心比薪水更重要嗎？

「妳到底要在那裡站到什麼時候？跩個屁啊！」她說完突然放聲大哭。

我匆匆走出會議室，留下像小孩子一樣嚎啕大哭的她。遺忘的記憶漸漸甦醒。多年前，我曾因爲比別人多一票當上了班長，結果那個以一票之差落選的女生也哭成淚人兒，班上同學都嚇壞了。我並不是自願參選，而是受人推薦。我對擔任班導的修女說，既然她那麼想當就讓她當好了。修女訓戒我「問題不在這裡」，令我感到不知所措。

「吉住，妳遲到了。」

「不好意思，不好意思，臨走時發生了一點事。」

當我遲到三十分鐘來到約定的咖啡店時，老同學畑中已經喝完一瓶啤酒，整個人徹底放輕鬆了。

「眞難得，妳也會加班。」

「上司派我處理一項麻煩的工作。」

「是嗎？反正妳向來都是這樣。」

她笑了笑，似乎不必聽我解釋，就已經對一切了然於心。我和她從幼稚園到大學的十八年都讀同一所女校，後半部的十年期間，我們一同參加了網球社，精神上已經超越了像女同性戀或是夫妻倦怠期的感情。

「是嗎？」

「不會錯啦。妳的優點，就是拚命撿打過來的球。當妳把所有的球都撿完時，即使不需要攻擊，就贏得比賽了，最後順利當上部長。」

微醺的畑中笑了起來。我無力地低下頭。

「妳這算是在稱讚我嗎？」

「我看妳乾脆去相親結婚吧？」

對了，儘管我一次又一次拒絕，但還是不斷有人來找我相親。仔細一想，我憑什麼拒絕人家？

「畑中，公司眞好玩。」

這句話如果被那些爲了養兒育女，或是發揮自己的專長而努力工作的人聽到了，一定會氣暈吧。我心裡這麼想著，喝了一口espresso。我屬於這裡，而非其他的任何地方。我只是站在球場上，不假思索地撿起打過來的球。一直都是這樣。

兔男

兔子會因寂寞而死。當我發現這句歌詞原來真有其事時，不禁嚇了一跳。那天，我和女性友人把酒言歡，不小心錯過末班車，只好在她家住了一晚。第二天清晨，我急急忙忙搭頭班車回到家裡，前一天還活蹦亂跳的兔吉竟然死了。我茫然若失，抱著宿醉而疼痛不已的頭，和已經變冷的兔子屍體一起躺在地上直到傍晚。

我和兔吉的蜜月期只持續了半年。當我被未婚夫拋棄，黯然神傷地走在街上時，向來對我不屑一顧的路邊賣迷你兔的老爹叫住了我，我就在神智不清的情況下買了兔吉。兔子和貓不一樣，不會叫，即使養在公寓也不會被人發現。妳看，是不是很可愛?當老爹把牠抱到我手上時，我立刻動了心。因爲我是那種買衣服時，只要試穿一次，就無法拒絕店員的推銷買回家的人，當然也不忍心留下楚楚可憐地在我手上發抖的兔子獨自回家。

飼養之後，黏人的兔吉溫暖了因失戀而身心俱疲的我。動物的膚觸和溫暖令我產生由衷的喜悅。回家成了件快樂的事，沒有任何行程的週末也因爲有兔吉的陪伴而不再空虛寂寞。牠敏感而細膩、抗壓性低，只要我晚歸就會出現血尿症狀，所以我一直細心呵護，沒想到才一晚沒回家，牠竟然就死了。

我哭了。爲心愛的兔吉就這樣一命嗚呼而哭，爲交往五年的男朋友在我三十歲生日時提出分手而哭；爲到了這把年紀，只能靠日薪維生，存款幾乎等於零而感到極度不安和難過。我覺得是自己的無能害死了兔吉，我像小孩子般哭了一整晚。

那是一年前的我。

「那妳就再養一隻吧？我送妳，不管是兔子、貓或烏龜、金魚都可以。」

「我暫時不想養寵物，等我搬到大一點的公寓時再考慮。」

今天是兔吉的忌日，我爲供奉在牠照片前的水杯換水時說。況且，我現在也有能撫慰我的情人。

「我兒子買了黃金鼠，可愛得出奇，我每次喝酒，都忍不住盯著牠看。有時候還會忍不住問牠，我不在家的時候，媽媽有沒有說我壞話？」

他是約聘我那家公司的課長，四十多歲的他和我交往之初，就毫不保留地向我訴說他家人的事。與其想方設法地隱瞞，還不如把全家旅行、家裡的喪事和小孩子的生日一五一十地告訴我，免得我疑神疑鬼。

二十五歲前，我精力還很旺盛時，曾經發誓有幾件事絕對不做：絕不在失戀時養寵物、絕對不在假日不出門時整天穿睡衣、絕對不一個人走進牛丼店、絕對不和有家室的人搞外遇。然而，邁入三十大關後卻不斷地沉淪下去。

「肚子餓了，要不要叫外賣？」

星期六下午一點。從星期五晚上就一直穿著睡衣，懶洋洋地窩在我狹小公寓的課長一派悠然地問道。

「但星期六這個時間，不管叫披薩還是叫麵，都要等好久。」

「妳說的對，那我們換衣服去吃中餐吧。」

剛交往時，為了讓他在我家多停留一點時間，每到星期六中午，我都會親自下廚或叫外賣，沒想到他輕易中計，一直穿著睡衣在我家耗到晚上，反而讓我很煩。所以，最近我都設法讓他在白天就換好衣服。

隔著門，小浴室裡傳來他邊洗澡邊哼歌的聲音，我懷著複雜的心情幫他拿換洗的襪子。他在女朋友家換襪子，難道不怕太太發現嗎？但他似乎毫不在意。況且，是他主動把睡衣、襪子和刮鬍刀帶來我家的。

課長換好西裝，和我一起走出門外。二月的天空萬里無雲，風有點冷，但陽光很溫暖。我們牽著手走在通往車站的路上，只要不是在公司附近，他總喜歡牽我的手。

課長喜歡去車站後方小巷裡的一家點心店，今天我們也去了那家店。雖說是賣點心的，但其實是某家高級中國餐廳的廚師退休後開的店，兩個人吃午餐的花費也超過五千圓。所以，無論什麼時候去都有空位，店裡也很安靜，可以好好地享受一下。

喝著濃稠的魚翅湯，我再次覺得心情輕鬆無比。不需要擔心錢的事，眞輕鬆；不需要費心取悅他，眞輕鬆；不需煩惱如何逼他娶我，眞輕鬆；能心無旁騖地享受美食，眞輕鬆啊。

「情人節快到了，妳買巧克力給我了嗎？」課長在大白天喝了兩杯啤酒後問我。

我第一次遇到男人主動提情人節的事，忍不住笑了出來。

「買好了。是戴梅爾（註）的貓巧克力。」

「那我們要不要去哪裡住一晚？作爲聖誕節的補償。」

平安夜那天，課長爲了陪小孩子不得不回家，但還是陪我吃了晚餐，根本沒對不起我。

「不用啦。」

他除了星期五之外，平時也三不五時住在我家，第二天直接去公司。

「沒關係，我也想去。想住哪裡？台場？還是横濱？」

「眞的嗎？超開心的。我想住橫濱。」

「超開心嗎？好啊，那住洲際飯店好嗎？」

一個四十二歲和一個三十一歲的大人這樣說話，在旁人眼中絕對像是肉麻情侶，但我根本無所謂。吃飽後走出餐廳，我送他到地鐵的剪票口。他沿著階梯走上月台時頻頻回頭，一下子送來飛吻，一下子扮鬼臉。課長雖然舉止像小孩，卻是成熟的男人。最好的證明，就是他知道如何在分手時不讓情婦感到寂寞。

「妳要小心，這個男人搞不好是兔男。」

翌週，我和之前那個女性友人一起喝酒時向她炫耀和課長的事，她神情嚴肅地這麼說。

「妳之前不是說，妳養的兔子因爲寂寞死掉了嗎？時下很多這種中年男人，如果身旁沒有對他很貼心的小女生，就會覺得寂寞得快死了。他整天耗在妳家，搞不好是因爲他前科累累，家庭已經快四分五裂，所以在家裡待不住吧？」

我和她是在之前的公司當約聘人員時認識的，雖然她說話語帶挖苦，但心地並不壞，

註：Demel，維也納皇室的御用洋菓子店。

而且看到我整天糊里糊塗，總是一針見血地點醒我。聽她這麼一說，我的確覺得課長的黏人和習慣住別人家其來有自。

「沒關係，反正很輕鬆。」

「如果妳把他當成交下一任男朋友之前的解悶工具倒也無妨啦。」

那天晚上，我又不小心喝多了，步履蹣跚地走回公寓。我那朋友原本不放心，叫我住她家，但第二天是情人節，下班後我要和課長約會，必須打扮得光鮮亮麗，還得換上性感內衣褲。

如果課長是如我朋友所說的兔男，爲什麼不乾脆放棄讓他待不下去的家，搬過來和我一起住？我帶著醉意，昏昏沉沉地想道。咦？我在考慮這種問題，代表我期待和課長結婚嗎？不，如果說我完全不想，顯然是在說謊，但我希望可以和他一直維持「肉麻情侶」的關係，與其他和我結婚後去偷腥，還不如我當他的外遇情人。外遇太輕鬆了。我得意忘形地衝上鐵樓梯，沒想到最後一階踩空，腳底一滑……我只記得這些。

當我醒來時，已躺在醫院的病床上，母親一臉不知是在生氣還是難過地看著我。我撞到頭，昏迷了一整天。記憶慢慢恢復。我慌忙坐起身問母親，「我的手機呢？」可能是我的表情太緊張，母親甚至忘了發脾氣，幫我在皮包裡找出手機。果然不出所料，課長已經打了好幾通電話給我。

「醫院裡不能打手機。」

聽到母親的訓斥，我咂了一下舌頭，急忙下了病床。後腦勺和腳踝傳來陣陣抽痛，但我向母親謊稱「工作上有很重要的事要聯絡」，不顧勸阻走向公用電話。牆上的時鐘指著晚上九點，照理說，我現在應該和課長在橫濱的飯店裡翻雲覆雨。

他的手機不通。我抱著一線希望打電話到之前預約的橫濱飯店，報上課長的名字，接線生說：「客人已經入住了。」我還來不及說「不用轉接」，電話就接通了。

「喂？」電話裡傳來一個女人毫無防備的聲音。

「請問是哪一位？」那個聲音年輕而嫵媚。我無力地掛上電話，又轉念一想，無論我還是兔男，至少都保住了小命，忍不住笑了起來。我爲自己在這種時候還笑得出來發笑，追出來的母親看到我捧腹大笑，不禁納悶，「是不是撞壞腦袋了？」

遊戲

人際關係是遊戲，人生也是一場遊戲。在這一點上，我和她意見一致。她並不是我女朋友，我是男同志，她只是單純的朋友，我對她毫無性趣。我們是美容專科學校時的同學，交情已有十三年。從不到二十歲到如今三十多歲期間，精神和經濟上都處於不穩定，卻充滿活力的幸福時光中，我們不知道和其他朋友一起共度了多少個夜晚。

她是我認識的女人中最具魅力的，有一頭細而具彈性的直髮，有條件挑戰任何造型；像芭比娃娃般令人稱羨的身材，配上一雙細長單眼皮的雙眼和大嘴巴，外型十足的甜姊兒。除了我以外，我同事也經常找她當髮型模特兒，並將成果照片刊登在雜誌的髮型型錄上。

她看起來就很愛玩，也理所當然地異性緣極佳。她喜歡談戀愛，但個性有點男孩子氣。她在戀愛中喜歡採取攻勢，是獵人。她喜歡主動邀約對方，而不是等對方來約她；她不喜歡邀男人到自己家（她說那是前線基地），而經常偷襲男人家。遇到不容易得手的男人，就佈下天羅地網，到手後又一腳踢開，從中感受生命的意義。

然而，這一切都已經成爲過去式。上個月她來美容院時，竟說要把頭髮染黑燙直。妳要去相親嗎？我半開玩笑地問她，她搖搖頭說：「我愛上一個人了。」這種事，我已經見怪不怪了。只要她發現新目標，就會來找我改變髮型。有時候是鮮紅的超短髮，有時候是一頭栗色鬈髮，然後意氣風發地走出美容院。這天她來的時候，身上穿了一件條紋T恤，很久之前染的灰橘色頭髮長長了，也有些褪色。她難得這麼樸素。

「這次是怎樣的男人？」

「規規矩矩的上班族。」

聽到她淡淡地介紹那個人在某某重工的什麼冷卻裝置之類的部門上班，我一時啞口無言，但又適時做出反應，聳了聳肩。

「偶爾和這類人士交往也不錯啦。」

「我是眞心的，我想和他結婚。」

鏡子中的她露出貪婪的目光，卻看不到她準備吸吮到手獵物最鮮美的部分後一腳踢開的企圖。取而代之的，是想要像寄生小鯊魚般吸附在對方身上的神情。她竟然會化攻爲守，看來也不過是個平凡的女人。我雖然這麼想，卻沒有表現在臉上，只是按照她的意思把頭髮染回黑色，剪成去任何公司面試都能過關的保守髮型。

「你是不是覺得我變成一個無趣的女人？」我在吹頭髮時，始終沉默不語的她幽幽地說道。

「不瞞你說，我和大師相處得不好，已經辭掉化妝師的工作了。我換了另一家店，但在那裡的人際關係也慘不忍睹。況且，我又不像你這麼有才華。」

幾年前，她辭去美容院的工作，成爲一位赫赫有名的女彩妝大師的徒弟。她的嘴巴很毒，不把客人奉爲上賓，客人當然不會指名找她服務，這是她辭去那家店的眞正原因。但一開始她還逞強地說：「大師有很多藝人和模特兒客人，我可以搶她的生意。」事實上顯然沒這麼順利。

「他老家在橫濱，他媽媽在開美容院。」

「原來是這麼一回事。」

即使她在情場上得意，卻很清楚自己在職場遊戲中很難再更上一層樓。她和我同齡，今年三十一歲，但男人的三十一歲和女人的三十一歲大不相同，她已經不適合穿著流行服飾、化著時尚彩妝在時下流行的酒店流連忘返。既然她想結束遊戲安定下來，我當然無話可說。

「我想看看妳那個上班族男朋友。」我懷著既爲她祝福又感傷的心情說道。

她甩開我手上的梳子，狠狠瞪著我。我這才想起自己以前曾經搶過她的男朋友。

「別擔心，我不會和妳搶。」

我無奈地補充說，她卻沒有笑。

三個月後，我在三更半夜接到她的電話，說有事找我商量。她在深夜兩點的芳鄰餐廳抽著之前聽說已經戒了的菸。我以為她和那個規矩人的交往出了什麼問題，沒想到她說的卻是很切身、私密的事。

「和他上床後，我覺得倒胃口。」

我才剛在她對面落坐，她劈頭就這麼說。我真懷疑自己的耳朵。

「等一下，你們之前都沒上床嗎？」

「對啊。即使不上床，只要和他在一起，我就覺得很幸福。對方也沒提出要求，我還以為他很珍惜我。」

「白癡。」

「對啊，我真的好白癡。」

她眼中泛淚，咬著嘴唇。染黑的頭髮梳得很服貼，自暴自棄的濃妝和褪色的運動衣極不相襯。

她說，上星期那個上班族的生日，他們倆第一次去溫泉區旅行。沒想到好戲上場時，她穿上 **La Perla** 的內衣，他卻穿著好像小孩穿的白色四角褲，做愛技巧差到令人難以想像，顯然是未經開墾的處男。她就像魔法消失的灰姑娘（她自己這麼形容）般獨自躲在被子裡，對他的感情頓時煙消雲散。

「任何人都會有一時衝動的時候，妳乾脆向他道歉，提出分手吧。」雖然我感到無聊透頂，還是盡量安慰她。

「我說了，沒想到他大發雷霆，說當初是我逼他結婚，現在突然說要分手，他無法接受。」

「那倒是。」

「他說，如果要分手，他就死給我看，而且還是哭著說哪。」

「妳就叫他去死啊。」

「我才想死呢！我一直以爲這次和以前的愛情遊戲不一樣，我不是對他，而是對自己感到失望。」

淚水從她的臉頰滑落，我無力地捻熄了菸。

我曾經在三宿的咖啡店見過她和那個上班族男朋友。之前她把他形容得絕世無雙，我想開一下眼界，沒想到看到的竟然是一個穿著不起眼西裝的公司職員。那家咖啡廳裡的客人都是一些不可一世、自以爲出名的傢伙，那個上班族渾身不自在。但她並沒有發現，面帶羞赧地在桌子下緊握他的手，那一刻我好像看到一頭敗在獅子腳下的鹿。

「妳還記得嗎？人生是遊戲，我們是玩家。」

「記得，以前我們經常聊這些。」她提起運動衣的袖子擦拭眼淚，吸著鼻子說。

「妳不是說過，無論大象、螞蟻還是人類，活著根本就沒有意義。但不知是幸還是不幸，我們身爲人類，只能在社會中生存。既然這樣，就不妨把這當作是一場遊戲，樂在其中。」

「但你不覺得很空虛嗎？」

「白癡。既然要玩遊戲，就得遵守遊戲規則。」我不耐煩地拿起湯匙敲打著杯緣。

「這是公平性的問題，輸贏在一開始就已經見分曉了。他在公司或許算是勝者，但在戀愛遊戲中，無論怎麼看都是外行人。結果妳不顧遊戲規則，選擇和一個大外行對戰。因爲妳已經無法戰勝和妳相同程度的人，所以不自覺地瞄準弱勢的對象。既然妳不認爲是遊戲，就跪著向他道歉，付贍養費給他吧。」

她沉默很久。我覺得自己說過頭了，但還是忍不住生氣。

終於，她很不甘願地點點頭，拿起帳單，丟下一句「不好意思，這麼晚把你找出來」，轉身走了出去。我很同情她，卻也無能爲力。

翌週，我在上班的時候接到她的電話。

她在電話的彼端哭著說：「我剛才接到電話，他死了，他上吊死了。我該怎麼辦？我到底該怎麼辦？」她聲嘶力竭地大喊著。

我摸著自己的臉頰，很不合時宜地想道，如果我現在對她說：「是妳殺了他。」不知道她會不會上吊？

「不好意思，我正在幫客人剪頭髮，妳晚上再打給我。」

說完，我就掛了電話，再度提起剪刀為客人剪髮，聊一些無關緊要的世事，逗得那名女客笑個不停。

「game」這個詞彙也同時代表了「獵物的肉」的意思。在和客人聊天時，我腦海中閃過這個念頭。而我比平時更加親切，比平時更加胡思亂想，則證明我也受到了打擊。

兒子

這一年來，兒子長高超過十公分。雖然比一百六十二公分的我還矮一個頭，但他已經不像小時候那樣肥嘟嘟的，無論臉、手腳和背影都越來越有大人味。

兒子要上補習班，獨自提前吃晚餐，我沉醉地看著他的側臉。他帶點鳳眼的大眼睛和堅挺的鼻樑都越來越像丈夫年輕的時候。唯一美中不足的就是臉太白，好像古代住在皇宮裡的人。兒子喜歡讀書，不喜歡運動，不知道是像誰。低年級的時候，我叫他參加足球隊，結果他三天就放棄了，他主動提出想補習。不過，他從下巴到脖子，從脖子到肩膀的骨感線條在小女生身上絕對看不到。我怎麼能把他生得這麼帥？身爲母親的我都忍不住看得著迷。十幾歲的時候，朋友經常調侃我「自己長得那麼醜，卻只愛帥哥」。事到如今，我眞的很慶幸自己和腦筋不太靈光、口袋裡也沒什麼錢，但外貌很帥氣的丈夫結了婚。

「媽媽，妳有沒有看到我的米飛兔鉛筆？」

女兒大聲問道，但我的目光仍然集中在兒子身上，心不在焉地回答，「剛才眞由在用。」女兒A咚咚咚地衝上樓，像往常一樣，和女兒B大聲吵架，而我繼續凝視著已經吃完飯的兒子。

「飽了嗎？有銅鑼燒，要不要吃？」

「不要。」兒子冷冷地回答，拿起補習班的書包站了起來。

「現在就要出門嗎？不是還早嗎？」

兒子沒有回頭，自顧自地走向玄關，我緊跟在後。隨著他慢慢長高，他的話也越來越少。我很高興看到他變得成熟，但像這樣對我愛理不理的態度又令我擔心。

「今天媽媽要去練排球，結束後要不要順便去接你？」

我問正在綁球鞋鞋帶的兒子，他冷冷地拒絕我，「不用了。」

「小心車子，下課就馬上回家喔。」

兒子頭也不回地對我揮揮手，衝出家門。

「那還算好的，我兒子打電動時，如果和他說話，他就會說：『閉嘴，老太婆！』」

例行練習後的休息時間，我和一個也有差不多大的兒子的太太談起這件事時，得到這樣的回答。太好了。我兒子雖然寡言，但還沒這麼叛逆。

「如果我兒子罵我老太婆，我可能會哭。」

聽到我的低聲嘀咕，坐在體育館地上的幾名主婦頓時笑了起來。

「佐伯太太也會哭嗎？真想親眼見識一下。」

「妳之前還罵教練『老頭子閉嘴』，結果教練辭職不幹了。」

對，沒錯，我向來個性強悍，我的字典裡沒有「害怕」這兩個字。買了獨門獨院的房子，搬來這裡三個月，我雖然很擔心小孩子剛轉學在新環境會不會適應不良，但完全不擔心自己。兩個月前，我受邀參加媽媽排球隊。雖然我是新來的，卻把義務來指導球隊的教練老頭子罵得狗血淋頭，令他憤然求去。因爲這個曾經參加過奧運的男人太囂張了，我對他實在忍無可忍。其他太太似乎也有相同的不滿，所以對我的仗義直言拍手叫好：「罵得好！」雖然我這麼強勢，但遇到兒子就沒輒了。

「好，接下來一個小時也要好好練習！」

我看了看時鐘，催促大家起身練習。我今年三十一歲，在這群太太中最年輕，在教練離開之際，國高中打過六年排球的我被推選爲教練兼王牌扣球手。

這個球隊並不是要參加什麼錦標賽的正式球隊，而是地方人士爲了促進敦親睦鄰而成立的。今年剛好要舉行排球比賽，聽說去年是拔河。由於下個月要和其他地區的球隊比賽，現在每週有三個晚上商借小學體育館練習兩個小時。由於主旨在敦親睦鄰，並不會強制民眾參加，不過附近的太太幾乎都報名了，家有幼兒的人也會帶小孩子一起來，讓他們在體育館旁玩耍。這裡雖說是所謂的新興住宅區，然而，必須和鄰居和睦相處的氣氛比我從小生長的海邊城市更令人喘不過氣。也有好幾名主婦雖然不擅長運動，還是勉強來參加。我並不奢望我們的球隊很強，但既然要練，不如盡最大的努力樂在其中。尤其是排球，團隊合作的好壞會影響勝負。不會打也沒有關係，只要在一旁盡量協助就好，但有一名主婦毫不掩飾內心的興趣缺缺，我對她的忍耐幾乎到達極限了。

「奈良太太，妳的手又張太開了。」

後半場練習採取分隊比賽的方式，我提醒那個在對面球場傳球失誤的太太。比我年長十歲的她皮笑肉不笑地偏了偏頭，無論我糾正她多少次，她都是笑一笑敷衍了事。若換作學生時代社團的學妹，我早就一拳頭揮過去了。

「我說過好幾次了，要以膝蓋爲中心，整個身體動起來，早一點趕到落點。」

她和其他太太不一樣，絕對不會搭理我。我知道她討厭我的粗野，我也討厭她那「只不過是媽媽排球隊，幹嘛這麼認真，簡直就像白癡」的態度。

正當我想著這些事時，一顆球剛好落在我頭上，我不假思索地跳起來扣球。隨著「咚」的清脆的擊球聲，球不偏不倚地打中奈良太太的臉，她一屁股坐在地上。她的女兒發現了，從球場外跑了過來。我絕對不是故意的，但潛意識中或許有這個念頭吧。於是，我也慌忙走過去向她道歉。

我十九歲時，懷了當時還在交往的丈夫的孩子，於是我們奉子成婚。我二十歲生下長子，二十一歲生了長女，二十三歲生下次女。當年曾經是湘南一帶不良少女的我，二十多歲的那段時光全耗在育兒上，懦弱的丈夫從專科學校退學，去開大貨車。我們齊心協力建立了雙方父母都不看好的家庭，狹小的租賃公寓無法讓上完夜班的丈夫充分補眠，我們牙一咬，買了一棟獨門獨院的房子。有志者，事竟成。年輕時一事無成、叛逆作亂的我和丈夫，靠自己的雙手建立起不可動搖的自尊心。

陽光十分刺眼的星期天，丈夫工作到凌晨才回家，正在二樓睡覺。女兒A和B去各自的同學家玩，客廳只有我和兒子兩個人，吃完午餐後，我們一邊看電視，一邊吃著布丁。兒子一如往常，沒有必要就不會開口，但我已經覺得幸福得快要融化了。

兩個女兒也是我懷胎十月生下的孩子，當然也很可愛，但兒子對我來說更是特殊的存在。在他讀小學前，我把丈夫趕下雙人床，和兒子兩個人一起睡（丈夫和女兒在女兒的房間打地鋪）。當兒子睡迷糊抱住我時，我感到無限滿足，心想即使那一刻是世界末日也無所謂。兒子、情人或丈夫給我的愛情完全屬於不同的層次。年輕時，我完全無法想像小孩子會給我帶來如此的甜蜜。

「媽媽覺得你比光一帥多了。」我看著電視上的年輕男偶像，不經意地說道。兒子拿湯匙的手停了下來。我並不是真的想讓他當明星，只是覺得兒子比任何偶像都帥氣有型，很想向全國民眾炫耀，又想私藏起來。這種心境實在很複雜。

「你那麼聰明，唱歌又好聽。」

「老太婆，吵死了。」

我懷疑自己的耳朵。雖然他說得很小聲，但我兒子真的這麼罵我。

「嗄？」

「我在補習班聽說了，妳用排球欺侮奈良同學的媽媽？」

一時間，我不知道他在說什麼。我六神無主，隱約想起奈良太太的女兒雖然和我兒子不同校，卻是相同年級。

「我哪有欺侮她？」

「我無所謂。我討厭連這種事都要告密的人，但更討厭媽媽一下子叫我去踢足球，一下子叫我上電視。我已經不是小孩子了，不要來煩我。」兒子瞪著我忿忿地說道。

我張口結舌，腦袋一片空白。

「我最討厭女人了！」

兒子撂下這句話，把吃到一半的布丁丟在桌上衝了出去。我獨自留在客廳，無法理解兒子說的話，茫然不知所措地走上二樓。當我低頭看著沉睡的丈夫，終於發現自己被心愛的兒子徹底否定了，淚水奪眶而出，然後把丈夫搖醒。

「老公，老公，你聽我說嘛。」

丈夫口齒不清地抱怨著，張開沉重的眼皮。

「我想要再生一個寶寶，我們來生孩子吧。」

妳怎麼了嘛，丈夫不耐地說。我粗暴地扯下他睡衣的長褲，抱著睡迷糊的丈夫哭泣，並在心裡想道，我要生很多孩子，越多越好。

藥

今年的花粉症季節又到了。平時我就是個藥罐子，如今每天還得再多吃兩顆花粉症的藥，或許是這樣的原因，連胃都不舒服，所以最近胃藥也不離身。雖說我是藥罐子，但吃的都是在附近藥局買的成藥。我隨身帶著頭痛藥、感冒藥、眼藥、喉糖、止瀉藥、暈車藥、滋補劑、各種維他命、蜂膠和褪黑素。

早晨的通勤電車上，那些臉色蒼白的上班族默默地隨著電車搖晃。眉頭深鎖地坐在眼前閉目養神的五十歲男子，無論怎麼看都讓人覺得他有成人病；在我身旁拉著吊環，看起來比我年輕的女人從手指到手腕都有異位性皮膚炎的症狀。我們部門的部長有痛風，我下面的男同事雖然比我小，卻因爲肝硬化住院了。和他們相比，我算是健康得有點對不起社會大眾了。我有時候會有嚴重的偏頭痛，生理期也很紊亂；每次搭計程車必定暈車，稍不留神就感冒了；腸胃容易出問題，不容易入睡，又很容易驚醒；一到花粉的季節，眼睛就又紅又腫，面紙不離手。我雖不才，但活了三十一年，從來沒住過院，無論讀書或上班，只曾因爲感冒請過三天假。除此以外，我每天都堅持上學、上課。這不算健康算什麼？但是，站在我身後那個打扮入時的年輕女人身上的香水味，和身旁那個上班族的大蒜味熏得我胃酸不斷往上湧。我咬緊牙關，拚命忍住吐意，從口袋裡拿出防花粉用的口罩，費了九牛二虎之力才戴上。

像平時一樣，到公司時只剩下半條命。想到今天要和三家協力廠商開會，不禁有點擔心，一打開辦公室的門，工讀的一個女孩子劈頭就對我說：「田島小姐，剛才組長打電話來，說要請假半天。」

「聽說她兒子感冒了，但她會按照原計畫參加傍晚的會議，叫我轉告妳。」

又請假？我雖這麼想，卻還是默默點頭。我的直屬女上司有一個兩歲大的孩子，雖然她的情況我能夠體諒，但每次都用小孩子當藉口請假，我心裡難免不舒服。

我工作的這家中型郵購公司在時下的不景氣中，業績仍然持續增長。公司給我的待遇固然不差，但因爲人手不足，可是整天忙得不可開交。我在商品企畫部負責飾品，和第一家廠商已經合作多年，開會時心情也比較輕鬆。

「田島小姐，妳有花粉症嗎？」

等在大廳旁會客室的協力廠商一看到我就問。他的眼睛和鼻子也紅紅的，我們是同病相憐。

今天我眼睛痛得根本無法戴隱形眼鏡，只能戴銀框眼鏡和阻擋花粉的大口罩。這副德性根本沒必要化妝，所以今天我脂粉未施。而早上我睡過頭，頭髮也隨意綁在腦後，這是我重視工作勝於女人味的結果。

「對啊，今年我很早就開始吃藥，所以症狀比較輕。」

「我都吃中藥，但沒什麼效果。聽說有一種手術可以燒鼻腔裡的黏膜。」

「哇噢，太可怕了。」

我們聊了一陣子花粉的話題，才進入「耳環」的正題。我們公司郵購的特色就是薄利多銷，專賣一些像玩具般的耳環，但還是希望對方以低成本提供那些對金屬過敏的人也能戴的耳環。

中午休息時，我啃了幾塊餅乾便趴在桌上，一大票同事從員工餐廳走了回來。

「妳不吃午餐嗎？在減肥嗎？」

「不，壓力太大，吃不下。」

「妳在說什麼？像妳這種有話直說的人，怎麼可能有壓力？不是心理作用，就是花粉的關係。」

我們公司的前身是專賣內衣的郵購公司，員工必然以女人居多。也就是說，並不會因爲你是女人就佔便宜。我算是微胖體型，平時說話故意凶巴巴的，所以完全無法得到他人的同情。我無論在身心方面都喜歡逞強，這也是因爲我知道自己的身心其實很脆弱。下午開會的對象是一個個性古怪、愛毛手毛腳的老頭子，緊張和壓力讓我根本吃不下午飯，但因爲我得吃止瀉和頭痛藥，只能啃幾塊餅乾了事。

中午一過，我就離開公司去拜訪往來多年的廠商。當我極度緊張時，不是會偏頭痛，就是拉肚子。昨晚吃了褪黑素也輾轉難眠，結果，搭地鐵時頭暈目眩了起來。雖然我吃的是市售成藥，但是不是一下子吃太多了？是因爲睡眠不足，再加上空腹的關係？還是等一下的會議讓我心煩？因爲有太多原因，反而讓我更害怕了。

「田島小姐，搞什麼嘛，今天怎麼只有妳一個人來？」

負責的那個老頭子毫不掩飾臉上的嫌惡。比起雖然單身卻又醜又胖的我，他更中意的是已爲人妻卻美麗性感的組長。

這家大型服飾品牌的雜貨是我們郵購雜誌的主力商品，兩家公司簽了獨家販售契約，絕不能搞砸。他不停地抱怨雜誌拍的照片有問題，導致他們冬季商品的訂單量下滑。說著說著，又慢慢把矛頭指向我，說我至少該化個妝，身爲飾品負責人，穿著打扮卻毫無品味，這樣下去根本不可能交到男朋友。他抽著菸，肆無忌憚地以言語對我性騷擾。即使被這個滿頭都是頭皮屑、不乾不淨的老頭子這麼說，我卻只能鞠躬賠罪，實在是太沒出息了。

好不容易請他拿出夏季商品的樣本，快結束討論的時候，我明明已經吃了藥，下腹部卻隱隱作痛了起來。我飛也似地逃離那家公司，看到一家速食店就衝了進去，沒點餐直奔廁所，把造成腹痛的原因一泄而空。我仰望著廁所的天花板嘆了一口氣，無論再怎麼壓抑，身體是不會說謊的。

距離傍晚的會議還有點時間，我去藥妝店補充備用藥。因爲我每天都吃，藥錢是一筆不小的開銷。之前組長看我在飯後一口氣吞下維他命、生理痛的止痛藥和暈車藥，忍不住皺著眉頭對我說：「妳至少該上醫院請醫生開處方。」但我只是身體比較虛弱，沒什麼大病，所以懶得去醫院。況且，非假日整天埋頭工作，也根本沒時間看醫生。

來到約定的咖啡店，組長已經到了。她在店裡也戴著大口罩。

「今天眞的很抱歉。」

「不，不會。組長，妳也患了花粉症嗎？」

「不是，我感冒了。」

她拿下口罩的臉頰泛紅，顯然在發燒。她是硬撐著來開會。

「妳還好嗎？我有感冒藥和百服寧，要不要吃？」

「謝謝，我現在不能吃藥。」

說著，她用手摸著肚子。我愣了一下，不了解她的意思，看到她點牛奶而不是咖啡時，才恍然大悟。

「該不是懷了第二胎吧？」

「對啊。不過，我打算工作到最後一刻，生完馬上回來上班。」

懷孕加上感冒，她顯然很不舒服。我再三勸她回家，她卻起身表示「好不容易才約到客戶的時間」，婉拒我的好意。會議一結束，她就像靈魂出竅般搖搖晃晃地回家了。

目送著她的背影，我不禁想到，如果我懷孕，現在吃的這些藥都不能再吃了。在回程的電車上，我突然想起這個月的大姨媽還沒有來，趕緊拿出記事本翻了起來。已經有將近三個月沒來了，我竟然忘得一乾二淨！我第一次體會到什麼叫眼前發黑。一陣暈眩，我忍不住跪在地上。坐在我前面一個穿泡泡襪的女生慌忙起身讓座，我甚至連一句道謝都說不出口。

我在車站前的「松本清」藥妝店買了驗孕劑。已經這把年紀了，照理說根本不需要害羞，但我卻買了自己根本用不著的入浴劑和吹整頭髮專用的噴霧一起結帳。

我和男朋友從學生時代交往至今已經十年，並不是因爲我們想廝守終身，而是找不到分手的理由。如果我懷孕了，就必須和他結婚，生下這個孩子嗎？手上緊握的那根驗孕棒逼迫我面對這個現實。

萬一懷孕了怎麼辦？他經常說「我不會和妳結婚」，我也不想和那種自以爲是，卻又小心眼、神經質，簡直像我的翻版的男人結婚。這麼一來，我就要獨自生下孩子，繼續工作嗎？光是我自己，就需要借助藥力才活得下去。我做得到嗎？我也老大不小了，如果現在墮胎，以後不會後悔嗎？

煩天惱地了很久，我好不容易抱著跳下懸崖的決心走進廁所。等待結果的那五分鐘，我握緊雙手站在陽台上，向懸在夜空中的月神祈禱。

五分鐘後，我惶恐不安地推開廁所的門。放在白色馬桶上的塑膠棒並沒有改變顏色。

我整個人頓時癱軟，決定明天向公司請假跑一趟醫院。

旅行

每到週末，我就外出旅行。

非假日時，我六點起床，餵飼養在公寓的老貓飼料，飯煮熟後加納豆一起吃，再用前一天晚餐剩下的菜做成便當後出門上班。我在市公所管轄的公園協會上班，工作很輕鬆，假日可以放心地休息。每天也能準時下班，所以我平日就把家事都做好了。辦公室內只有我一個年輕女性（其實我也三十一歲了），中午休息時間，我五分鐘就吃完便當，穿著制服、涼鞋上街。我的旅行從這一刻就開始了。辦公室不遠處有兩家禮券店（註），我每天都會去報到，尋找週末可以使用的新幹線車票或是機票。如果好幾個月前就訂機票，價格當然比禮券店的更加便宜，但這是有明確目的地的人才會做的事。我雖然每個週末都會去旅

註：日本一種專門收購和出售各種禮券、票券的店。

行，住上一晚，卻從來沒有非去不可的目標，純粹只是想去哪裡走走。

這個習慣始於看了某個無聊的電視節目後。節目裡有人用飛鏢射貼在牆上的日本地圖，射中哪就去哪。我覺得很有趣，也依樣畫葫蘆地照做。但試了幾次後，發現每次都射中鳥不生蛋的窮鄉僻壤，輾轉去那裡就耗掉不少時間，找住宿也很辛苦，於是就放棄了。與其這樣，還不如去禮劵店買地點、出發時間和座位都訂好的票來決定旅行地點來得輕鬆。於是，飛鏢旅行變成了禮劵店旅行，除了中元節假期和新年以外，這兩年來，我每個週末都去玩個兩天一夜。

今天我看到前往鹿兒島的廉價票。我買了下來，順便去旅行社購買回程的票。晚上回到公寓後，立刻翻開《單身女子也能安心投宿的溫泉旅館》雜誌，找到一家位於海邊的溫泉旅館，雖然距離機場有點遠，但我還是預約了。只要搭計程車去就好了。其實，我有不少存款，照理說，我完全有能力買原價機票，午餐也不需要帶便當，更不必一直住在從十八歲起就住到現在的破公寓，大可搬到漂漂亮亮的大廈去住。但是，因爲我不知道要去哪裡，所以到禮劵店買票；因爲不喜歡市公所的員工餐廳，也不想在職場附近的餐廳外食，所以每天早晨做便當；而搬家太麻煩了，我也沒非搬不可的理由，於是一直住在已經很破舊的一房一廳。

這個週末，我在貓碗裡裝滿貓食，一大清早就出了門。唯一的行李就是我平時上下班用的背包。我搭單軌鐵路到羽田機場，混在不知道是返鄉還是旅行的人潮中，故作悠閒地搭上飛機，眺望著正下方越來越小的東京灣。我喜歡空服員遞過來的紙杯咖啡，拿出在機場買的丹麥麵包吃了起來。前排的小孩子站在座椅上，嘴饞地看著我，但我假裝沒看到。我翻開從圖書館借來的旅遊導覽書。我不買書而盡量用借的，就是不想把原本已經夠小的房間擠得更狹小。所以，即使我沒有刻意節省，錢也越存越多。

出了機場，發現鹿兒島果然比東京更熱。我叫了計程車，請司機帶我去市中心時，司機問我：「妳是來觀光的嗎？」

「對。來出差，順便四處看看。」

旅行途中，被人問及類似的問題時，我必定如此回答。第一次旅行時，我老實說自己一個人出門旅行，結果被調侃說：「妳失戀了嗎？」讓我感覺很不舒服。我知道並不是每個司機都那樣，但爲了避免麻煩，我決定說善意的謊言。

有點年紀的司機果然建議，「要不要帶妳到各個名勝走一走？」那名司機話不多，感覺人很好，於是，我決定請他先繞到幾個觀光景點看一下，再回旅館。

參觀了西鄉隆盛的雕像，去了能清楚看到櫻島的海邊，司機帶我去他推薦的拉麵店。我請他一起吃，他一臉害羞地表示一小時後再來接我，便不知去向。拉麵很好吃。店裡的人問起，我回答自己是從東京來的，結果不知爲什麼，他們送了我橘子和烤地瓜，讓我覺得很莫名其妙又好笑。我每次旅行都習慣在機場買明信片，於是記下這件事，貼上郵票，向拉麵店的歐巴桑問了郵筒的位置後寄出明信片。

計程車在兩個小時後抵達旅館，沿途我沒看風景，睡得很沉。被司機叫醒時，我睡眼惺忪地面對旅館老闆娘的迎接。這家旅館的分館散落在和緩的山丘上，比我原先以爲的更加高級。老闆娘說，旅館的餐廳供應餐點，我問是否可以一個人在房間吃，老闆娘笑著回答：「當然沒問題。」

距離晚餐還有一個小時，館內共有兩處露天溫泉，我去泡其中一個。太陽還沒下山就獨自在戶外赤身裸體讓我既不安又爽快。

泡著溫泉，仰頭一看，發現灰喜鵲停在松樹上短促地叫了幾聲「啊啊，啊……」，我像往常一樣，輕聲哼起演歌老歌。

「啊……日本的某個地方，有人等待著我……」

我的週末小旅行不是爲了找情人，但仍情不自禁地想起這首歌。

泡完溫泉，在房間邊看電視邊吃晚餐。我不喝酒，一下子就吃完了。飯後無事可做，便前往大浴場。其他客人可能還在吃飯，大浴場內空無一人，我泡在檜木浴池中伸展身體。不一會兒，三名中年婦女嘰嘰喳喳地走了進來。我向她們點頭打招呼，「妳從哪裡來的？」其中一人很親切地問我。

「東京。」

「哇，這麼遠？我們從宮崎來的。這裡價格不貴，感覺很不錯吧。我們已經來了三次了，這裡在櫻花季最漂亮，泡露天溫泉的時候，花瓣會緩緩落下來。」

「是嗎？」我笑著附和。那幾名中年婦人繼續聊天，我時而微笑，時而佩服。一個人泡溫泉經常會遇到這種情況，我倒不討厭。和陌生人短暫相處的期間，我會變成開朗、親切的人。我很樂見這個改變。

和中年婦人聊了一陣，已經泡得滿臉通紅，我回到房間，倒在已經鋪好的乾淨被褥上，把臉頰埋在上過漿的白色枕頭套裡，一覺睡到天亮。

第二天早晨，我比平時更早醒來，去泡另一座露天溫泉。我趿著旅館的拖鞋，走在滴著朝露的樹木中。露天溫泉位於半山腰，我走得氣喘如牛。

我毫不猶豫地在蘆葦席圍起的更衣室脫下浴衣，泡在岩浴中。綠葉遮住了頭頂。那是櫻花樹吧，開花時節一定很美。

吃完早餐就得去機場。其實我大可請年假或是在連續假期時旅行，但因爲養了貓，每次出門都只能住一晚而已。這是我說服自己的藉口。我不喜歡意外，喜歡每天按部就班、規律的生活。

之前工作的地方，曾經有人說我「很自閉」。幾年前，和原本計畫結婚的男朋友分手後，我內心的某個部分就封閉起來了。

我老家開洗衣店，如果父母出了什麼狀況，我可能會回去繼承這家店，否則就是這樣悠哉悠哉地等退休。這種既像心灰意冷，又像無力感的情緒讓我遠離了如同長途旅行般的戀愛、結婚，以及無法預料的人際關係。

我怔怔地想著這些瑣事之際，背後的木門打開了。一個女人用毛巾遮著身體走了進來，她美得令人忍不住多看幾眼。

「名倉小姐，早安。」

我凝視著這個喊著我名字的裸體女人。她緩緩地、卻毫不羞赧地走進水池，這時，我才發現她是旅館的老闆娘。

「妳昨晚睡得好嗎？」她悠然問道。

「不錯。」我心慌意亂地回答。

「我喜歡在工作前來這裡泡一下，但偶爾會像這樣遇到客人，很不好意思。」

說完，她笑了起來，她臉上隱約可見少女的影子。她昨天穿和服，我還以爲她年紀比我大。

「不好意思，可不可以請教妳一件失禮的事？」

「好啊，請問。」

「請問妳今年貴庚?」

「上個月滿三十一歲了，雖然對一般人來說已經不年輕了，但在旅館業還算是小毛頭。」她聳了聳裸肩說道。

我不知如何回答，說了聲「我先走了」，逃也似地走出浴池。

我腦筋一片空白，回到房間換好衣服，吃完早餐就離開了旅館。我搭上計程車，到機場登上原定的班機。

翌日星期一，我像往常一樣早起去上班，像往常一樣回到公寓時，在生鏽的信箱底發現自己寄出的那張櫻島的明信片。我拿著明信片，站在原地好久、好久。

樂團

無論經過多少年，還是無法適應電視台攝影棚裡的燈光，那種感覺簡直就像在曬膚沙龍般。皮膚變得很乾燥，但手心都是汗，我左手鬆開吉他的琴頸，往牛仔褲的臀部處抹了抹。

一身羅莉塔漫畫人物般打扮（註）的主唱，毫不在意其他成員的漠然，獨自對著麥克風發出既不像旋律，又不像發聲練習的聲音。她的音色甜美響亮，有點像走音，又不是真走音的聲調很奇妙。

「那就麻煩你們了。」

導播扳起手指計時。我在鼓手三次敲響鼓棒，小鼓敲響第一下時，奏起樂曲。

註：大量蕾絲的娃娃裝；羅莉塔則是泛指比女童大，但仍未成年的女孩。

這是一小時現場音樂節目的排演。唯一的一次彩排在效果十分理想的狀態下結束了。由赫赫有名的音樂製作人寫出耳熟能詳的旋律，結合經過試鏡、從幾萬人中挑出的主唱，以及演奏技巧達到專業水準的音樂人，加上至今爲止已投入上億圓的成本，這樣的成果是理所當然的。現場演出不需完全重現錄音時的感覺，我可以自由改變riff（註），其他伴奏成員和新人主唱都會配合我臨場發揮，創造出富臨場感的音樂——就連這一點也是製作人精心設計的。演奏時，即使是我們這個臨時湊合的商業樂團也有呼吸完全一致的瞬間。這時，大家會忘記其他的事，沉浸在音樂中感受幸福。然而，在結束的那一剎那，我感受到一股強烈的愧疚。這根本稱不上是樂團。

「花丸，妳怎麼沒精神？」

一回到後台休息室，主唱美久利問我。整個樂團只有我和她是女生，我們在後台共用同一間休息室。我只是伴奏樂手，曾對經紀人表示「和男生團員在一起就好」，結果他反倒命令我「不要躲避美久利」。此刻比三十一歲的我小整整一輪的羅莉塔少女，在我面前露出乳溝，目不轉睛地抬頭看著我。

「有閃電泡芙喔。」

「不，我對甜食……」

「要不要我去買麵包給妳？」

妳是我的傭人嗎？妳不是和唱片公司老闆平起平坐吃飯、時下當紅的偶像明星嗎？

「不用了，我去餐廳吃麵。」

「那我和妳一起去。」

這時，經紀人隨便敲了幾下門走了進來，他以溫柔卻很堅決的語氣說：「美久利，雜誌來採訪了。」她連日都在接受採訪，雖然可憐，但那是她的工作。

她不太甘願地離開後，我走出休息室，打算去吃東西。其他成員剛好三三兩兩地從隔壁休息室走出來。

「哎喲，花丸，保護公主的感覺怎麼樣？」最年長的貝斯手調侃道。

我回答說，她去接受採訪了，便和大家一起去吃飯。雖然是臨時湊合的樂團，但團員間的關係並不差。於公，我們在音樂理念上沒什麼衝突，只是有著共同利益的職業音樂人。

我們聚在電視台咖啡廳的角落，各自點了蕎麥麵、義大利麵、炸豬排飯，有一搭沒一搭地聊著天。

註：爵士樂中的即興重疊段。

「花姊，妳後半段彈太快了，美久利會跟不上節拍。」

年輕卻相當保守的鍵盤手吃完炸豬排飯，放下筷子說道。這傢伙喜歡照著節拍走，也是美久利的隱性歌迷，我能理解他的心情。

「她跟得上啊。別看她傻傻的，其實很有實力。」

「對啊，她的耳朵很靈光。」鼓手和貝斯手面無表情地說。

鍵盤手沒有反駁，談話就此中斷。我們的出道單曲擠進這個時下收視率最高的音樂節目的排行榜前五名，今天第一次上節目表演，卻完全沒有緊張的感覺。鼓手的手機響了，他離席接電話，鍵盤手說要去買菸，不知跑去哪裡了。和之前就認識的貝斯手獨處時，我的心情才稍微輕鬆了下來。

「沒想到妳會堅持到現在。」

這話聽起來像諷刺，但他一頭紅棕色長髮下的雙眼很溫柔。

「第一次見面的時候，你就說過，大家很難接受女性吉他手。差不多是十年前了吧？」

「妳真有毅力。」

女生彈吉他的確很吃虧，但只要拚命練習技巧，還是能勝任。不過，在視覺上，還是男吉他手比較帥氣。在音樂領域中，帥氣與否很重要。我參加的第一個職業樂團全都是女生。到第三張單曲還很暢銷，但之後就一蹶不振。三年後，唱片公司便不再和我們續約。

說不懊惱當然是騙人的，但當初是經紀公司一手企畫了這個女子樂團，我們也只能聽天由命。

更令我懊惱的是更早之前的事。高中時，我就和校外比我年長的幾個男生組團，以職業樂團爲目標努力。國中畢業時我的身高已經一百七十五公分，加上寬闊的肩膀、平胸和小屁股，我知道自己適合在舞台上彈吉他。當主唱說要「開始過規矩的日子」離開樂團後，便換我站在前排，沒想到因此吸引了很多年輕女孩。「外型中性」成爲我的武器，唱片公司也找上門來。

曾經發誓要一起玩音樂的團員得知音樂總監只想挖我一個人參加職業樂團，立刻翻臉不認人，把我罵得狗血淋頭後離去。樂團解散了，根本沒有商量的餘地。事後回想起來，除了只有我被挖角以外，我覺得「女性吉他手吸引女性粉絲」這點也傷了其他成員的自尊心。我記得先前團長看到女歌迷朝我忘情尖叫時，曾低聲嘀咕：「我們又不是寶塚(註)。」

即使如此，不，正因爲如此，我更不能放棄音樂。即使業界已是商業掛帥，也總比不

註：日本寶塚歌舞秀清一色都是女演員，也會反串男角，很受女性歌迷喜愛。日本女星黑木瞳、天海祐希都曾經是寶塚的演員。

能彈吉他好。

說句心裡話，年過三十，我也隱約感到前途茫茫。女子樂團解散後，我靠爲人伴奏或是在酒吧表演勉強維生，但三十多歲的女人不可能再靠「看起來像男生」當賣點。幸好我熱愛吉他到了癡狂的地步，時時刻刻都在練習，所以技術還不錯，也沒有無謂的自尊心（在進入音樂界的那一天就拋棄了），能依製作人的要求照譜彈。其次，只要避免愛出風頭或是情緒化，別人就不會批評「女人就是這樣」，也會覺得我很好配合。我彈吉他向來被評論爲「橫衝直撞」，卻在不知不覺中評價變成了「很知性」。然而，我的心中卻經常感到不安，擔心是否能在舞台上繼續彈個五年、十年。我的歌喉乏善可陳，不僅逐漸年老色衰，創作的歌曲也無緣收錄進單曲CD中，恐怕也很難轉型爲製作人，只能繼續窩在酒吧演出。正當我感到前途一片黯淡時，有人找我加入美久利的伴奏樂團。只要能彈吉他，我願意赴湯蹈火。

「美久利果然是……『那個』嗎？」貝斯手委婉地向我打聽。

雖然不該笑，但我還是笑了。「我想她應該是雙性戀。」

「她曾向妳展開攻勢嗎？」

「她說要和我同居，也透過經紀人拜託我。」

他撥了撥髮尾嚴重分岔的長髮，重重地嘆了一口氣。「唉，反正無奇不有啦。」他既沒有憤慨，也沒有同情，只是不帶感情地說出這句話。

回到休息室，美久利正把耳機插在CD上聽什麼，嘴裡吃著閃電泡芙。一見我進來，嚇得趕緊把CD盒藏進裙子中。她應該在聽傑尼斯藝人的專輯吧，我這麼想道，坐在鋪了地毯的地上，抱起一旁的古典吉他。我隨手彈著，向來笑容滿面的美久利臉色蒼白，一言不發地看著我。

「我原本不想說的，」她以演戲般的口吻說道。

「什麼？」

「這是我的寶貝。」

看到她手上的CD，我忍不住瞪大眼睛。那是我參加的樂團自費製作的唯一一張專輯。

「妳怎麼會……？」

「國小五年級時，我和我姊姊第一次去live house之後，就一直是妳的歌迷。如果妳覺得我是蕾絲邊很噁心，也沒有關係。」

說完，美久利站了起來。一雙誘人的白腿消失在休息室外。

現場直播。正在待命的我茫然地看著美久利興奮地回答主持人的提問。

剛才在電視台走廊上聽到有人說「不是對嘴就不錯了」，我憶起第一次上電視時，以前的老同學還特地打電話給我，「妳眞了不起，現在是藝人了。」胡思亂想之際，她已經做好準備，背對著我高高舉起左手。

樂團終有一天會解散，但音樂將永久流傳。

牛奶糖般既甜又苦的歌聲像探照燈般投射過來，我的雙手自動創造出魔法。那裡，還有未來還可以繼續彈奏的樂音。

庭院

母親驟逝至今已三個月。雖然我知道生死有命，但母親實在死得太突然。這幾年，每到連休好幾天的新年假期，我都會出國度假。反正平時就住家裡，每天都能見到面，不需刻意在過年時和家人一起守歲。今年我也在新年假期時和男朋友一起前往南方的島嶼，假期結束的前一天才匆匆回國。母親特地爲我留了我愛吃的鯡魚卵和魚漿蛋卷，在新春第一天上班的那天早晨，我一邊聽著母親的數落，一邊大快朵頤。如今懊惱多年沒有陪母親一起過新年已爲時太晚，我再也吃不到母親做的年菜了。

那天是成人節（註）的翌日，早晨母親說她頭痛、身體發冷。父親即將退休，公司也

註：日本訂於每年一月的第二個星期一爲成人節，目的爲向全國當年度滿二十歲的青年男女表示祝福。

沒什麼事，就請假帶母親看病。我記當時自己還說：「這麼冷的天氣還在庭院張羅，才會感冒。」那天中午過後，父親打電話到我公司，說母親病危，叫我趕到醫院。我匆匆抵達時，母親已經雙眼緊閉。她前一天還一如往常地在庭院爲雛菊除霜。

小我一歲的弟弟立刻從工作地點趕回來，順利辦完守靈和葬禮。這是我家第一次有親人去世，但我和弟弟出社會將近十年，知道葬禮的流程，父親當然更不用說。因爲有太多事要做，必須考慮處理方式，根本沒時間感到難過。我雖然流了淚，但感覺上這和在公事上遇到困難差不多，完全不覺得是在處理母親的喪事。在向絡繹不絕的弔唁客鞠躬道謝時，還不時納悶爲什麼母親不在身邊。

四十九日（註）和納骨之後，突然無事可做。家裡只剩下依母親的喜好建造、大型景觀窗上掛著蕾絲窗簾、充滿少女浪漫情懷的獨門獨院房子，及母親根據自己的喜好整理的庭院，還有年屆退休、很不適合這棟房子的父親和正值盛年、每天只回來睡覺的女兒。弟弟早早就回大阪工作，音訊全無。

春天的某個假日，我中午起床時，父親突然問我。

「這個庭院怎麼辦？」

「什麼怎麼辦？」

「開了這麼多花。」

父親和我都對花花草草沒興趣，很少仔細欣賞，此刻才發現花壇盛開著五彩繽紛的鮮花——鬱金香、番紅花、水仙、香雪蘭，還有許多不知名的花。

「爸爸，你整理一下吧，反正你有的是時間。」

我睡眼惺忪地隨口說完，見父親一臉不悅，才察覺自己的失言。退休對父親來說已是很大的壓力，更何況他失去了原本打算退休後攜手共度餘生的伴侶。

「我對花沒有興趣，況且，和女兒住在這個家太丟臉了。怎麼樣？要不要賣了這裡，各自去買公寓分開住？這樣大家都輕鬆。」父親語氣開朗地建議。

我不置可否地偏著頭。之前就聽別人說退休後的父親不好相處，事實正是如此。他除了打高爾夫以外，沒有其他喜好，整天在家閒閒無事，即使我勸他去學做菜或電腦，也被他以「無聊透頂」一口回絕了。這原本應該是母親的事，爲什麼我得承受父親的鬱悶？我不禁憎恨起人在天國的母親。

即使如此，父親仍然獨自在少了母親的家裡打掃、洗衣，做簡單的料理。我原本以爲他只會工作，完全不會做家事，沒想到他這麼能幹。唯一傷腦筋的是，以前他從來不管我

註：日本的佛教，在人去世那天後的四十九天中，骨灰放在家中靈壇前，每天供鮮花、素果，點香燭、照明。到了第四十九天招請親友、請和尚超渡，將骨灰拿到自家的墳地入土。

幾點回家，現在卻主動爲我準備晚餐，還經常數落我，「這麼晚回家，到底在外面混什麼？」

母親不在，我必須分擔的家事也理所當然地增加。我當然不願讓父親洗我的內衣褲，去洗衣店和燙衣服也都是我的工作。我負責早餐，父親做晚餐，沒有下廚的人負責洗碗。我下班後打電話給父親，在營業到很晚的站前超市買必需品。

這種日常生活的工作分擔在無形之中慢慢決定了，我也終於了解我和父親給母親造成了多大的負擔，也知道母親之前是多麼照顧我們。我都已經三十一歲了，但還是好幾次因爲沒人叫我起床而上班遲到。

「妳不是有男朋友嗎？趕快結婚吧。」父親看著庭院的花說道。

我看著他穿著開襟毛衣的背影。父親不穿西裝和高爾夫球裝時顯得格外蒼老。我以前經常和母親聊天，至於父親，除非有什麼事，否則父女倆幾乎很少交談。雖然在同一個屋簷下生活多年，卻完全不知道他到底在想什麼。

「爸，你可以一個人生活嗎？」

「開什麼玩笑，我現在也和一個人生活差不多。」

也對，我不禁這麼想道。雖然我們努力共同撐過母親去世造成的衝擊，但一起生活並沒有愉快的感覺。說我不擔心父親是騙人的，但也許分別買一間公寓住在附近比較理想。

誰叫我們都無意整理母親種滿鮮花的庭院，我和不解風情的父親一起生活在貼了Laura Ashley花卉壁紙下也很奇怪。這裡是母親的家。

父親認眞去看公寓樣品屋的五月初的某一天，信箱裡有一封寄給母親的信，因爲像廣告信函，我順手就打開了，發現是英國觀光局針對日本人舉辦的園藝講座之旅申請書。我這才想起去年年底時，母親曾給我看這份簡介，說：「我發現了這個，好想去看一下。」我細看之下，發現母親已匯了訂金，只剩餘款未付。半年前母親申請時，一定是滿心期待吧。

我拿給父親看，他叼著菸，出乎意料地說：「那我去看看吧。」

「爸，要住在外國人家裡耶。」

「那又怎麼樣？」

父親最討厭搭飛機和說英語，母親曾經硬拉父親去過一次夏威夷，結果父親說以後再也不要出國。

「而且，參加的淨是一些喜歡園藝的老太婆喔。」

父親嘟著嘴想了一下，用力把申請書丟在桌上。

「那是妳媽一直很期待的旅行，反正我閒著沒事，可以去幫她拍一些照片。」

父親和母親興趣愛好大相逕庭，他們也稱不上特別恩愛，但是當另一半離開人世後，或許另一方總會產生這種念頭吧。如果此行可以讓父親對園藝產生興趣，也算是幫了我大忙，所以我並沒有繼續反對。

然而我的如意算盤落空了，父親去英國旅行十天回來後，似乎和之前沒有太大的改變。即使我問他「怎麼樣？」，他也一副惹人厭的樣子說：「都是一些喜歡園藝的老太婆。」我請他給我看照片，有一張是父親板著一張臉，和一群老婦人站在漂亮的玫瑰園前的照片；以及像在寄宿家庭拍的，一張被外國人包圍、他不知所措笑著的照片。

不過旅行回來後過了一段時間，父親出現了變化。之前他整天說要賣掉這棟房子去買公寓，如今卻不再提起這件事。而且，還背著我清除院子裡的雜草。

七月的第一個星期天，我接到一通國際電話。父親剛好出門買東西，我渾身冒著冷汗，結結巴巴地以英語應對著。父親似乎寄了照片給寄宿家庭，對方打電話來道謝。打電話的是寄宿家庭的奶奶，她說話時刻意放慢速度，讓我能夠聽清楚。

「妳父親沒問題嗎？」她竟然這麼問我。

我以為她在問父親身體好不好，所以回答說，當然很好。

「因為他不會說英語，我們也不知道原因，他每天晚上像小孩子一樣放聲大哭。」

她說「像小孩子一樣」時，特別加重了語氣。我驚訝得說不出話，猶豫了一下，把母親今年剛過世的事告訴了她。在遙遠國度的老奶奶也一時語塞，在電話那頭哭了起來。

掛上電話後，剛好聽到父親的車子開進車庫的聲音。我慌忙擦乾眼淚，但已經來不及了。

「妳在哭什麼？」父親一看到我的臉就問。

我不知如何啓齒，只好搖頭。

「我去買了曼珠沙華的球根，妳來幫我一起種。」

「……曼珠沙華是什麼？」

「彼岸花。如果妳打算繼續住在這個家，就要學一點花的知識。」

父親邁著輕快的腳步打開客廳的落地窗，走進庭院。

冒險

出生至今三十一年，我從來沒冒過險。讀大學時，從外地來東京獨立生活算是我唯一的冒險行爲。之後的十三年，我腳踏實地得連我自己都感到驚訝。踏入社會之後，我對靠自己的薪水維持生活感到極度不安，即使每個月領的薪水金額差強人意，仍然無法消除我內心的無助感。所以，我很想結婚。我並不是希望有人養我，自己可以輕鬆當少奶奶，而是希望有人（不管是誰都好，但希望儘可能是靠得住的人）能發自內心地爲我設想。

然而，人生不如意十之八九。我任職於一家專門出版參考書的出版社總務部，公司內部的人際關係很狹隘，尤其總務部有兩個不到退休年齡絕不會離開的女性前輩，我的工作內容似乎就是努力和她們建立好關係。我知道這樣下去不行，曾經找過收費便宜的英語會話教室去上課，卻沒有覓得期待中的良緣。不過，像我這種缺乏明確目標意識的人，即使和別人的關係稍微有一點進展，也會被有明確目標、不斷進步的人遠遠抛在後頭。

三十一歲生日那天，有人問我：「某家新興企業正在徵人，要不要去試試？」因爲沒有人爲我慶生，所以我和基於惰性一直上下去的英語會話班的女同學下課後一起吃飯。雖然我和她的關係並不是特別好，但也因爲這樣，能無所顧忌地向她抱怨目前進退維谷的生活狀況。一直默默聽我訴說的她突然說：「我朋友的公司剛好在徵人，妳要不要去試試？」

事到如今，再去研究她是否了解那家公司的實際情況也於事無補。總之當時，我踏出了那一步。之前我一直很納悶爲什麼有人會上金光黨的當，但在我換到那家新興企業工作後，才知道原來人這麼容易受騙。

下一個星期六，我拜訪了那家剛成立不久的資訊服務公司，想了解一下狀況。我自認爲不是那種對新興企業懷抱憧憬的無知女人，但還是翻字典查了一下——新興企業到底是什麼意思？**以新技術和高科技為中心，從事大企業難以執行的富創造性、革命性經營方式的小型企業**。放下字典，我不禁苦笑，那種公司怎麼可能僱用像我這種無能的人。現在回想起來，這也是失策之一。

那家公司位在精華地段的商業街辦公大樓，佔據了一整個樓層，寬敞而又現代化的環境完全超乎我的想像。辦公室內的每一張辦公桌都用隔板隔開，幾乎成了獨立空間，每個隔間內都擺著一台電腦。室內佈置也統一採用灰色和紅色，簡直就像好萊塢電影裡的場景。一個很像秘書的女人走到我面前說：「讓妳久等了。」我一邊跟著她，一邊打量著整個樓層。雖然是星期六，卻有好幾個人頭也不抬地埋首於電腦前工作。低頭一看，地板角落有人從睡袋裡露出半截身體，像屍體般躺著，嚇了我一大跳。而且，秘書帶我去的不是會客室，而是董事長室。

出來迎接的是一個我必須仰望的高大男人，雖然我不懂名牌，但他穿的西裝和手錶顯然所費不貲。董事長露出親切的笑容，很有禮貌地遞上名片。我低頭一看，發現上面寫著約翰・A・坂井。無論怎麼看，他都是日本人，難道是混血華僑嗎？

「眞了不起！」

在沙發上就座後，我坦誠道出對此處的幼稚感想。董事長不知是謙虛還是驕傲地搖著頭，然後連珠砲似地說起經營這家公司的來龍去脈、位在香港的總公司，以及合資企業的名字。他滿嘴創業投資、股票上市、獎金、股票選擇權這些似乎和新興企業有密切關係的詞彙，口沫橫飛地對我這個小老百姓詳細介紹。雖然他說的是日語，但言談內容卻比英語學校的聽力課程更令人費解，我乾脆看著董事長的臉發呆。他看起來五十歲左右，五官很端正，厚實的身體上應該不是脂肪，而是肌肉吧，和我們公司那個不起眼的禿頭老闆有著天壤之別。

「所以，妳什麼時候可以來上班？」

約翰的這句話讓我如夢初醒。不，我不是如夢初醒，而是如墜五里霧中。

「唉，我被騙了。」水城在鎖上門的會議室內壓低嗓門說道。二十七歲的她和我同期進公司，她撥起瀏海，重重地嘆了一口氣。

「新興企業應該都差不多吧。不過，我還以爲這裡的情況會好一點。」中島說道。

中島坐在會議室的電腦前製作色彩鮮艷的3D畫像，不知是在工作還是在玩。他今年二十五歲，比我和水城更早進公司。因爲我們三個人進公司的時期比較接近，而且都上了那個董事長的當，所以經常聚在一起發牢騷。

我聽從約翰的建議辭去之前那家公司的工作，到這裡上班已經三個月，只有第一個月的時候，明知十分可疑卻仍然充滿期待，認爲這是我人生中的「第一次冒險」。

約翰面談時對我說的話幾乎都是信口開河，他的行爲簡直形同詐欺。拿到第一個月的薪資單時，我驚訝地發現數字比他當初說的基本薪資少了十萬圓。雖然我按照董事長的吩咐沒日沒夜地工作，但不僅沒有加班費，連假日加班也沒有額外津貼，甚至連交通費都沒有匯進帳戶。我固然有一些存款，但這樣下去很快就會坐吃山空。

我們公司的主要業務是網路版的女性雜誌，但是，就連我也絲毫不覺得這網站有趣。董事長說要與世界接軌，所以先製作英語版目錄，而非日文版。而且，寫英語版目錄的竟然是我這個英檢只有三級，只去過關島的三腳貓！然後，由二十五歲的電腦宅男中島用最新程式把網頁設計得光鮮亮麗。因爲董事長指示，網頁必須讓贊助廠商，而不是讓讀者滿意。我們公司的電腦過於老舊，開一個網頁畫面差不多要等十分鐘。

獨斷獨行的董事長唯一的目標，就是讓公司的股票上市。他利用工讀生創下驚人的點閱率。表面上走在時代尖端的網頁，以及爲了吸引投資人、睜眼說瞎話的簡報都是華而不實的，沒想到卻有不少人因此受騙上當，這點實在令我難以理解。

「我們乾脆自己去創業？」水城小姐無力地丟出這句話。

昨天舉辦了一場邀集文化人參與的活動，沒想到由於時間過於緊迫，找不到能成爲活動焦點的文化人，具有號召力的名人紛紛回絕，最後只好找上一位過氣女作家，費盡唇舌才說服她來參加。

水城小姐以前在一家中型網路伺服器公司的業務部工作，因爲能力很強，酬勞採業績抽成制，轉眼之間年收入就超過了她的父親，沒想到卻因此導致她和家人之間的不和，而且公司的男性職員也毫不掩飾對她的嫉妒。她筋疲力竭，最後換到這家公司。之前聽她這麼說時，我曾經懷疑這番話的眞實性。但見識過她和董事長一起向投資人信口雌黃時，才覺得這應該不是胡說八道。即使是這麼優秀的她，也遭到公司不當減薪。雖然我們曾向董事長表達不滿，但他是身經百戰的老狐狸，時而顧左右而言他，時而擺出一副黑道兄弟的惡形惡狀打發員工的申訴。在我們之前進公司的員工都心灰意冷地紛紛求去，連離職金都沒有領到。儘管如此，每天還是有新員工上當，進入這家公司。雖然我知道自己差不多該離開了，卻從來沒有想過要創業。

「我可以找到幾個出資人，中島，只要你願意和我合作，絕對可以比那個王八蛋董事長撈更多。」

中島之前在設計公司畫設計圖。至於離開的原因，他只說是「膩了」。

「對啊，我也想放手一搏。」中島對著電腦嘀咕道。

放手一搏，我也小聲嘀咕道。他們既不喜歡網路，也不是想對社會有所貢獻，只是把熱情投注在「放手一搏」上，根本和這家公司的董事長半斤八兩。於是，我閉上嘴。事到如今，再後悔辭去之前那份工作已經爲時太晚，一切都是我自作自受。

之後，他們兩個人很明顯地避開我。這三個月以來，我們幾乎一起用餐，也一起熬夜加班，這舉動令我大受打擊。也許他們眞的想創業，根本不需要像我這種沒有能力的平凡人。雖然覺得情有可原，但我內心還是極度憤慨。

某天，董事長打內線電話找我，我走過正專心看少女漫畫的董事長情婦——櫃檯小姐的身後，感受到中島和水城投射過來的視線，敲了敲董事長室的門。自從騙我進公司後，約翰第一次對我露出假惺惺的笑容。他本名明明叫坂井一郎，還約翰個屁。

「我不想向自己的優秀員工打聽這種事，我相信妳也不願意說同事的壞話，這點我很清楚。」

我不願意站在董事長桌前垂頭喪氣，便將視線移向他背後窗外的巨型廣告看板。

「是有關水城和中島的事，妳和他們的交情很好，有沒有聽說什麼？」

水城和中島目前正忙著把公司昂貴的軟體和顧客名冊備份到自己的電腦裡。我在內心小聲說道。

「怎麼樣？我不會虧待妳的，我之前也和妳談過股票選擇權的事……」

「不，他們覺得我很蠢，根本什麼都沒跟我說。」

我打斷他的話，一口氣說完。他正想說什麼，我便向他鞠了一躬，頭也不回地走出董事長室。

我快步走回辦公桌，挪挪下巴示意另外兩個人跟我來。可能他們也知道大事不妙，慌忙跟著我走出辦公室。我想不到其他地方，就搭電梯來到頂樓露台。雖然時下的季節不穿大衣很冷，但第一次上來這裡眺望街景，有股說不出的暢快。

「約翰跟妳說什麼？」水城緊張地問我，其實她更想問的是——妳說了什麼？

「如果你們要創業，我也要加入。」

他們互看了一眼，好像在說：「她在胡說些什麼？」

「如果你們以爲我根本派不上用場，那就大錯特錯了。」

「什麼意思？」

「因爲你們看起來就很可疑。」

他們又互看了一眼。

「你們自己或許沒發現，但只要是正常人，就看得出你們滿臉寫著錢、錢、錢。我身上有你們所沒有的，我能夠了解你們所不了解的正常人的正常感覺。如果你們眞的想放手一搏，就應該僱用不會啓人疑竇的我。你們只能打造外表，我卻可以創造內在。」

這是我有生以來第一次推銷自己。剛才我說的這些話是眞的嗎？會不會因爲整天和這些騙子爲伍，以致被一些奇怪的東西附了身？

北風吹著水城的頭髮，她一臉茫然。中島則在一旁放聲大笑。我咬著嘴唇低下頭，看到下方大廈廣告看板上的女明星滿臉笑容地抬頭望著我。

初戀

我的初戀發生在十二歲。國中入學典禮那天，我對被選爲班長的男生一見鍾情。公立國中一年級的學生來自各個小學，上學期由老師選出成績最好的學生擔任班長。當老師問有沒有人願意當副班長時，我毫不猶豫地舉起手，其他同學都向我投來「這傢伙有病嗎？」的眼神。現在回想起來，我也羞愧得無地自容，但當時的我從小備受父母寵愛，天眞無邪、無所畏懼。

那段時間是我有生以來第一次覺得人很可怕。心儀的男生太可怕了，萬一被他討厭實在太可怕了。所以，即使和一見鍾情的男生一同參加班長會議或是一起主持班會，喜悅的心情也被緊張所取代，他經常一臉不屑地看我。第二學期由大家投票選班長，他順利連任班長，我卻無緣擔任副班長時，我不僅不失望，反倒鬆了一口氣。國中三年期間，我只要偷偷看著他，就感到無比幸福。他不但功課好，運動也很在行，一年級時就成爲足球隊的固定班底。足球隊是我們學校的明星球隊，每次練習和比賽，都擠滿了圍觀的女生，我也擠在人群中，拍了很多他的照片。

我愛他，我愛他，我愛他，我愛得無法自拔。但他不苟言笑，幾乎很少和女生說話，我甚至沒有勇氣送巧克力給他。我唯一能做的，就是努力和他考上同一所高中，所以我拚命用功。我和他唯一的交集，只有在一年級的上學期分別擔任班長和副班長，有時候在上學途中向他打招呼，他也會回我一聲「嗨」，這簡直是對我最大的犒賞，足以令我整整雀躍一個星期。

如今，三十一歲的他和我坐在居酒屋的吧檯前。無論見多少次面，都令我感慨萬分，忍不住甜蜜地悄悄嘆了口氣。

「別嘆氣，並不是只有妳一個人累。」

他點著菸，露出不悅的神情。

我慌忙擠出笑容。「對不起，我太大意了。」

「眞受不了，每個人都這副德性。」

我陶醉地看著他吞雲吐霧的側臉。他和學生時代一模一樣，一雙眼尾微微上揚的大眼，筆挺的鼻樑上架著一副眼鏡，無論下巴的線條、指尖、巨大的手掌、將近一百八十公分的身高和寬闊的肩膀，都維持著曾經讓我百看不厭的樣子。

「那種公司，我乾脆辭職算了。我自己創業，絕對賺得更多。」

「對啊，日向，我覺得你更適合指揮別人，而不是聽別人指揮。」

「妳說得倒簡單，妳知道開一家公司要多少錢，花費多少心力？」

明明是他起的頭，我支持他卻反被數落一頓。這代表他認爲和我之間沒有距離，反而讓我覺得他很可愛。我可能眞的有點神智不清了。

我雖然和日向考進同一所高中，但他和國中時一樣，對我視而不見。全校學生都知道我喜歡他，他卻根本不把我放在眼裡，和其他女生交往，我連向他表明心意的機會都沒有。我的確曾難過得痛哭失聲，但「習慣成自然」眞的很可怕，我也逐漸適應他是我心中「永遠的單戀」這件事。無論他和誰交往，和誰分手都不關我的事，在高中即將畢業時，我偶爾會和他在走廊上聊天。雖然很喜歡他，卻只維持朋友的關係——我告訴自己這樣就好，自認有朝一日我會自然而然地喜歡上其他男生。考大學時，我沒和他報考同一所學校。我喜歡畫畫，進了美術大學，而他並沒有考取理科方面的大學，開始了自由業的生活。

我好不容易說服自己放棄他，但命運眞的太會捉弄人。高中畢業三年後，我在老家附近的車站和他不期而遇。他邀我去喝咖啡，兩個人聊得十分開心，就續攤去喝酒。當天晚上，他帶我上賓館。對單戀他多年的我來說，這簡直就像是美夢成眞。畢竟他的照片仍然像明星海報般貼在我的房裡，而我在美術大學內，也沒找到足以令我動情的男生。

我陷入了他的情網而不可自拔，可是他只是想和我玩玩，我的深情令他喘不過氣來，終於離我而去。在稱不上是交往的短短三個月後，他對我說：「妳不要再打電話給我。」每當我向別人提起這件事時，別人都說這樣的男人很過分，但我不這麼認爲。我的第一次獻給了從十二歲就喜歡上的人，這是一種成就，與其讓我抱持不必要的期待，還不如乾脆被他討厭，我在精神上也輕鬆多了。

然而，已經決定不再見面的人居然又坐在我身旁。在我踏入社會的第五年，我一時鬼迷心竅，寄了張賀年卡給他，結果他主動和我聯絡。之後，我們就像這樣每個月見幾次面。每次都是他主動邀約。我在一家小型設計公司工作，時間運用自由，只要接到他的電話，就會拋下工作或是和別人的約定，不顧一切地飛奔到他身邊。

我很幸福。和他在一起，我依然緊張，好像回到國中時代一事無成的自己。他已經結婚生子，但他心血來潮邀我上賓館時，我也不敢拒絕。他每次找我出去，總是在抱怨對工作和家庭的不滿，結帳都是各付各的。

「唉，只有妳支持我。」

喝醉時，他都會拋出這句話。平時不苟言笑的他一說這句話就會露出笑容，讓我覺得一切都是值得的。

某個星期六，高中時一起參加美術社團的女同學舉行婚禮。她在我們當時的死黨三人組中最後一個結婚。續攤時，新娘也忙著四處打招呼，我和另一個女生難得有機會好好聊天。

「妳的新婚生活怎麼樣？」

她有一個年幼的孩子，今天把孩子送回娘家，準備好好喝幾杯。

「我兩年前就結婚了，已經稱不上是新婚了。」

「但妳看起來滿臉幸福的樣子。」

我從不曾向任何人提過這件事，但因爲三杯黃湯下肚，我忍不住向她洩露了這個祕密。

「不瞞妳說，我正在和日向交往。」

她瞪大眼睛看著我。

「日向，就是那個日大爺嗎？」

沒錯。高中時，我都在背地裡叫他「日大爺」。

「不會吧。你們從什麼時候開始的？」

「說來話長，差不多從三年前起經常見面。」

「這不是外遇嗎？妳和日大爺在一起，結果卻和別人結婚？」
「日大爺也早就結婚了，還有兩個小孩。」
不知是太驚訝還是受不了我，她一時說不出話。
「老實說，等一下我也和他有約。」
我傳簡訊通知日向，今天要參加朋友的婚禮，晚一點回家沒關係，他果然邀我一起去喝酒。
「妳沒問題吧？」
「有什麼問題？」
她搖了搖頭說：「妳帶我去看日大爺。」她曾和日向同班。我很想炫耀一下，就點頭答應了——雖然可能會惹他不高興，但反正他每次都不高興。
「日大爺現在在幹什麼？」
「普通上班族，但和以前一模一樣，好帥。」
她不停地催促，我們只好提前開溜，趕去約定的那家店。不一會兒，日向就來了。當我向他揮手時，坐在身旁的她再度張大了嘴。
翌日星期天下午，她打電話給我，先問了一句：「現在方便說話嗎？」我告訴她，我老公剛好去便利商店。

「日大爺哪裡和以前一模一樣?」

我不知道她爲什麼生氣，但她語帶憤怒。

「唯一沒有改變的恐怕只有身高而已。他的腦袋越來越空，挺著一個大肚子，連在我面前都會抱怨一些無關緊要的事。雖說他是妳的初戀情人，但和這種人見面，妳快樂嗎?」

「是啊。因爲我十二歲就喜歡上他了。」

「或許我說得有點過分，但妳眞的好噁心。沒變的不是日大爺，而是妳吧?搞不好懂得巧妙利用妳的日大爺還算是正常人。」

這話實在太毒舌了，但掛上電話後，我卻覺得她言之有理。這時，我老公回來了，他買了雜誌、果汁，還幫我買了肉包。我泡好茶，坐在沙發上吃了起來。

我問專心看著汽車雜誌的老公，「你覺得我噁心嗎?」

「嗄?」老公轉頭看我。

「不，沒事。晚上我要去公司一趟，可以嗎?」

「好啊，要不要我送妳?」

剛才，日向傳簡訊給我，說昨天的約會被電燈泡打攪，今天想再碰面。我老公體貼溫柔、個性隨和，不論我工作或是晚上跑出去玩他都不會有意見。當初我就是爲了日向，才決定和他結婚，因爲單身的我讓日向產生戒心。我結婚後，日向雖然嘴上沒說什麼，卻很明顯地鬆了一口氣。我喜歡我老公，但對他完全不會有罪惡感。我老公一點都不可怕。不可怕的就不是戀愛，即使有朝一日遭到天譴，我也甘之如飴。

溫酒

雖然才上午十一點，我毫不猶豫地在約定的芳鄰餐廳點了啤酒。天氣很晴朗，臘月的風卻仍帶著寒意，我原本想喝不冰的酒，但餐廳只提供冰啤酒，只好忍耐。我想起自己起床後還沒吃過任何東西，趕緊點了一份沙拉。右側那桌是帶著一名幼童的四人家庭，左側的年輕情侶正興奮地聊天，餐廳裡頗爲吵鬧，但這裡是芳鄰餐廳，不能奢求什麼。

我抽著菸，啤酒和沙拉送到我面前時，兩側的聲音頓時停了下來。我的雙頰同時感受到右側父親的羨慕和左側褐髮男子的輕蔑眼神。

我喝了半杯啤酒，相約的對象仍沒現身。我和丈夫半年不曾見面，今天還特地化了妝、打扮了一番，沒想到他竟放我鴿子。

「呃，不好意思，請問是加代子嗎？」坐在門口附近一個和我一樣喝生啤酒、上了年紀的男人走過來，突然開口問道。我似乎在哪裡見過他。「是啊……」

他爲什麼不叫我的姓，而是直接喚我的名字？想到這裡，我終於想起來了。「喔，你是爸爸嗎？」

「沒錯，沒錯。對不起，我剛才沒有看到妳。小姐，我要移到這裡。啊，加代子，妳也喝啤酒嗎？今天是大晴天，是喝啤酒的好日子。」他心情愉快地說著，在我面前坐了下來。

我和公公只在五年前的婚禮上見過一面，一時間我不知所措。

「呃，那個……」

「我老婆說，既然我沒事就過來跑一趟。照理說正克應該自己來的，但他臨時有工作，眞的很對不起。啊，妳要不要吃點洋蔥圈？」

我不置可否地笑了笑，在心裡嘆了一口氣。他臨時有工作根本是騙人的，雖然我很慶幸不是那個一板一眼的婆婆出現，但我曾聽丈夫說，公公是「無可救藥、不負責任的酒鬼」。我也是酒鬼，所以問題還不大，但今天這種情況，如果對象「無可救藥、不負責任」就有點傷腦筋。

丈夫離家已經半年了，他之前就經常外宿。我和他在不同家媒體工作，我無從得知他是眞的工作，還是在外拈花惹草。我的工作忙得不可開交，根本沒時間調查。有一天，我發現丈夫整整一星期沒有回家，打手機給他，他竟然脫口對我說：「我們分居吧。」他沒說明理由，也沒告訴我他人在哪裡，而我也沒有問。那是今年夏天的事，年底的忙碌告一段落後，我才終於喘一口氣，思考起丈夫的事。

我想知道他到底希望繼續分居，還是要離婚，於是就打電話給他，沒想到竟然打不通。他似乎換了手機。這時我才終於火冒三丈。因爲他每個月將近三萬圓的手機費仍然從支付我們生活費的共同帳戶中扣除，三年前買的公寓貸款也是從中扣除。然而，他從半年前起就沒再存一分錢到那個帳戶。我原本想打電話去他公司，但想起之前這麼做曾惹得他很不高興，我不想爲這種事讓自己心情更惡劣。我認爲在三十一歲這種既不年輕，也不算太老的年紀離婚很可怕，所以一直避免思考這個問題。事情發展至今，我自認也有不對之處，更重要的是，我受不了丈夫的不聞不問，斷然決定離婚。

所以，我聯絡夫家，簡單向婆婆說明情況，「我想離婚、賣掉房子，麻煩妳和他聯絡。」婆婆始終很詫異，但最後還是說了一句，「眞的給妳添麻煩了。」翌日，丈夫傳眞給我今天相約的地點和時間。看到那張用文字處理機打好、甚至沒有一句問候的傳眞內容，我差一點哭出來——難道我眞的對他這麼差嗎？我和他工作都很忙，所以，在家事方面我的確不是很盡職；他滴酒不沾，很討厭看到我喝醉酒回家……就這樣而已。就因爲這樣，我就要遭到如此的對待嗎？

「我有點餓了，這裡也很吵，要不要去蕎麥麵店？」公公笑著邀約道。

我們的啤酒杯早就空了，鄰桌的孩子被他母親訓了一頓正放聲大哭，我趕緊點點頭。

公公說要帶我去一家很棒的蕎麥麵店，於是我跟著他一起搭地鐵。我沒什麼食慾，但吃碗麵應該沒問題。那家店位在距離車站十分鐘的地方，我沒想到會來這麼遠的地方，身上只穿了件薄大衣而渾身發冷，公公那件絨毛運動衣看起來格外溫暖。那家蕎麥麵店既不高級也沒有考究的裝潢，但開著暖氣。可能剛過午餐時間，店裡沒什麼客人，店員也很親切。

「妳要喝什麼？」

公公笑著把酒單拿到我面前。難道他聽他兒子說過，我有酒精中毒傾向嗎？

「我要溫酒。」

「真好，那我也要溫酒。」

他熟門熟路地對老闆娘說：「溫酒，再幫我們弄點下酒菜。」我突然鬆了一口氣。想到他比我更成熟，比我更精通喝酒，可以把一切都交給他處理，渾身的緊張頓時鬆懈下來。

「爸爸，你好像真的很愛喝酒。」

「我更喜歡女人。」

「你怎麼可以對兒媳婦說這種話？」我笑著說。

那頂上無毛的圓臉從桌子對面探了過來，他露出惡作劇般的表情小聲說：「不瞞妳說，我上個月和老婆離婚了。」

「嗄？」

「妳是不是以為我在騙妳？雖然說出來很丟臉，但這是眞的，我老婆把離婚申請書丟到我面前。目前她是可憐我，讓我繼續住在那裡，不過我正在找公寓。」

他的語氣好像在聊別人的八卦。他的話到底有幾分眞實？

「爲什麼離婚？」

「我又因爲喝酒被公司開除了，我不知道睡在馬路上被送進拘留所多少次了。」

「哇噢，那我輸給你了。」

「對吧？我絕對贏妳。」

哈哈哈哈。我們同時笑了出來，我覺得我們倆很合得來。他和我丈夫一樣，臉圓圓的，皮膚很白。他們是父子，這也是理所當然的。我想起以前也曾經和丈夫這般歡笑。

和酒盅一起送上來的下酒菜有鹽昆布、佃煮（註）和烤海苔。「來來來，吃吧。」他

註：將海鮮、海藻用醬油、味醂和砂糖熬煮的一道鹹中帶甜的下酒菜。

為我倒了酒。我喝了一口，日本酒好像頓時流入我全身上下的毛細管中。

「哇，太讚了。」

「很好喝吧。這裡的溫酒不會太燙，溫度剛剛好。這叫皮膚溫。」

「是嗎？」

「妳這麼愛喝酒，居然連這個也不知道？」

「我在家都用微波爐加熱一下而已。」

公公第一次露出嚴肅的表情，向我解釋日本酒的溫度：冰酒分為雪冰、花冰和涼冰；溫酒分為太陽溫、皮膚溫、半溫、上溫、熱溫和超熱溫。

「最燙也不能超過五十五度，溫度再高的話，就已經不是酒了。」

我咬著看起來很好吃的烤海苔苦笑起來。雖然我們同樣愛喝酒，但我和他不一樣，我是最低層次的酒鬼，只要有酒喝，什麼都好。這兩年來，我沒有一天不喝酒就上床睡覺。即使沒在外面喝完再回家，也一定會喝睡前酒。曾經有一次，家裡剛好沒有酒，結果我找出將近一年沒使用的料理酒，用微波爐加熱後喝了下去。被丈夫發現時，他冷冷地瞥了我一眼。

我們兩個人喝完三盅酒，在公公的推薦下，吃了牡蠣天婦羅蕎麥麵，他便表示要先走一步，因為約了人去看房子。我們完全沒聊到重點，就在約定「改天再聯絡」後分道揚鏕。他說下次會帶好喝的日本酒去找我，我決定好好打掃一下家裡，內心居然感到一陣雀躍。

那天晚上，公公打電話給我，「方便的話，我可以除夕那天去找妳嗎？」我略為猶豫，但想到他是我丈夫的父親，年紀應該也有六十歲了，不可能發生什麼意外，便答應了他。

他在除夕上午來到我家，做了一些簡單的年菜。我想幫忙，他嫌我礙手礙腳，於是我便擦了一整天的窗戶。

那天晚上，他用據說是從河童橋買來的錫製水壺般的容器和溫度計溫酒。桌上放著簡單的下酒菜，我們看著除夕的無聊電視節目哈哈大笑，隻字不提應該談的正事。

「你租到房子了嗎？」當小林幸子唱完紅白歌唱大賽的表演曲目時，我帶著醉意問道。

他搖搖頭說：「我這把年紀了，又沒有工作。」

「你要不要住這裡？」

「是嗎？那我就讓妳養好了。」

公公溫的酒不是很燙，是稱為太陽溫的三十度左右。他煮了加了柚子和胡椒的迎新蕎麥麵，我們坐在沙發上看「除舊迎新」跨年節目吃麵。吃完麵，覺得口渴，於是改喝啤酒，一直喝到深夜。

我上完廁所走回房間時順手關了燈，室內只剩下電視螢幕的亮光，我步履蹣跚地走回沙發，把臉頰貼在公公穿著毛衣的肩上。黑暗中，公公的笑臉像滿月般明亮。我太飢渴了。在伸過來的手腕中，我感受到皮膚和陽光的溫度。

不吉利

最近，我女朋友的舉止很詭異，她突然變得溫柔體貼。這雖然是件好事，但我向來喜歡她有話直說、乾脆俐落的個性。現在她明明很生氣卻努力克制，還對我露出笑容，反而讓我坐立難安。

昨天星期六，原本約好去她家，但老同學突然打電話邀我一起去喝酒，我打電話問她能不能改到星期天。她沉默片刻後，居然說：「你好久沒見到這個朋友了吧？我沒有關係，你好好玩吧。」之前她曾經因爲我臨時取消約會，氣得整整一個星期不理我，現在這樣根本就不像她的作風。

雖然和她約好早點去她家，但我一覺醒來已經下午三點多了。我想，如果打電話給她，絕對會被大罵一頓。於是乾脆不打電話，直接去她家。我要換兩次地鐵和私鐵才能到她家，差不多要一個半小時。以前她住得比較近，但她偷偷養貓，被房東發現，上個月搬家了。既然要搬家，乾脆找一個可以養寵物、比以前寬敞、上下班交通方便，而且房租又便宜的地方，我們一起跑了好幾家房屋仲介。最後辛苦總算有了代價，找到一間很理想的房子。這間位在東京郊區的樓中樓房間很寬敞，貓在樓梯跑上跑下，樂此不疲。她買了一張睡起來很舒服的雙人床，我也暗自高興。雖然距離有點遠，但我每次去都會住一晚，所以不必急著趕回住所。其實我原本期待她會提出「不如趁這機會一起住」的邀請，但她似乎不想和比她小七歲的我同居。

「你來啦，你還眞悠哉。」

原以爲她會大發雷霆，沒想到開門迎接我的是一張笑臉。屋裡飄來高湯的香味。

「對不起，昨天喝太晚了。」

我把狠下心花了兩千圓買的葡萄酒遞給她，她又笑著說：「謝謝，你沒有宿醉嗎？我已經煮好飯了，吃得下嗎？」

「嗯，嗯。」

我不置可否地點點頭，脫下夾克。她的貓在我腳邊打轉，我把牠抱了起來，目送著她拿著葡萄酒走進廚房的身影，忍不住問貓：「你姊姊怎麼了？」但牠只是喉嚨發出咕嚕咕嚕的聲音。

今天她穿牛仔褲，但難得的假日，她竟然化了妝。即便交往差不多一年半了，我仍然看著她出了神。或許是她生就一張娃娃臉，即使不化妝也完全看不出已三十一歲。其實她不化妝的時候漂亮多了。

我是在公司的新進職員進修時認識了她。當時，她是專門舉辦職員進修的公司派來的講師。一星期的進修課程結束後，我不希望從此再也見不到她，就抱著姑且一試的心情約她吃飯，她回答說：「喝咖啡的話沒問題。」起初，她只告訴我電子郵件信箱，我頻頻寄電子郵件，採取疲勞轟炸戰術，終於成功地問到她的手機號碼。邀她吃飯時，我抱著不惜向她下跪的決心提出交往的要求。當她問我：「你不介意我比你大七歲嗎？」的時候，我的確嚇了一跳，但喜歡一個人，年齡不是問題。

我第一次和年紀比我大的女人交往，相處模式全和以前的經驗不同，著實讓我感到驚訝。每次臨時打電話給她，說想見她一面時，都會遭到拒絕，我至少得在前一天和她預約，她才肯見我；剛開始交往的半年間，無論時間再晚，她都不會留我過夜。好不容易可以過夜後，她卻從來不下廚，每次都是吃她事先買好（但都很好吃）的麵包和乳酪。她從來不去KTV，也不去遊樂場。聖誕節她要工作，不能和她見面；吵架時，她既不會哭，也不會大吵大鬧；我只有和比我年紀小的女人交往的經驗，和她相處時的每件事都令我覺得格外新鮮。

不知道是不是每個成熟的女人都這樣，她的生活很規律。假日也很早起床，起床後就洗衣服、擦鞋子，她的每雙高跟鞋都保養得宜，放在鞋櫃裡，浴室裡的潔白毛巾也折得整整齊齊。只要沒有被工作耽誤，她每天九點洗澡；泡三十分鐘半身浴時看書或雜誌，然後用她三十歲生日時買給自己的 **Baccarat**（註）杯子喝一杯冰水，臉和全身擦上各式各樣的美容液，才終於打開電視；看新聞報導和天氣預報的同時，喝點葡萄酒或冰日本酒，十一點準時上床。這就是她的日常生活，她討厭別人突然邀約或是臨時取消約會，打亂她的生活步調。

我和朋友聊起這些事，他們都說「這種女人好討厭」，眞的是如此嗎？我倒覺得比起那些經常讓我擔心不知道在哪裡幹什麼的小女生，她實在好太多了。

然而，她在搬家後突然變得很不一樣。她把一道又一道的佳餚放在餐桌上。爲什麼忽然爲我煮這些「媽媽味道」的家常菜？她說是廚房變大了，突然對廚藝產生了興趣，但我想事情絕對沒有這麼簡單。雖然我心裡這麼想，但美食當前，我的嘴角早就漾出了笑意。

「看起來很好吃耶。」聽我這麼說，她指著每一道菜向我說明。

「這是黃洋蔥和蘆筍天婦羅、檸檬高麗菜和酒蒸蛤蜊、山椒雞胸肉。我還煮了青豆仁飯。」

「簡直就是春天大餐嘛。」

聽到我的稱讚，她似乎不怎麼高興。她在我對面坐了下來，雙手合掌說了聲「我開動了」，就吃了起來。眞好吃。可是雖然好吃，卻讓我惴惴不安。

「昨天和幾個人一起喝酒？」

「嗯，很多人，大概有七、八個人。」

「也有女生嗎？」

「有啊。」

一陣沉默。這代表什麼意思？

我努力尋找話題，試圖改變氣氛。

「吃新鮮上市的時令菜時，對著東方笑，可以多活幾天？」

「七十五天。」

我想逗她笑，但她冷靜地立刻回答，讓我一時語塞。

「妳知道得眞清楚。」

「託你的福，我比你多活幾年，薑是老的辣嘛。」

雖然她臉上帶笑，卻話中帶刺。

她以前從來不會問聚餐有沒有女生或是年紀的問題。

註：法國著名的皇室御用級水晶品牌。

「晚上剪指甲呢？」我低聲嘀咕。「會剋死父母。」她又馬上答道。這時，她眼神挑釁地看著我的臉問道：「如果把紅豆飯煮成茶泡飯吃呢？」

「呃？這個，會很好吃？」

「出嫁的那天會下雨。」

明明不是嚴肅的話題，但室內的氣氛卻更加凝重了。這時，貓「喵嗚」地叫了一聲，她又繼續問道：「如果讓貓吃魷魚呢？」

「……我不知道。」

「會嚇破膽。」她莫名其妙地似乎越來越生氣。

我問：「尿尿在蚯蚓身上呢？」時，她突然踢開椅子站了起來。然後，重重地嘆了一口氣，倒在沙發上。

「妳怎麼了？最近好奇怪。我做錯什麼了嗎？如果是爲昨天的事，我向妳道歉。」

我坐在她身旁，抬起她低著的頭，發現她竟然在哭。

「咦，妳在哭。」

「咦什麼？沒禮貌。」

「因爲我覺得莫名其妙啊。」

我不由分說地摟著她的肩，她又抽抽答答地哭了一陣子。是不是工作上遇到不愉快的事？是不是有親友遇到不幸？她都連連搖頭。雖然明知不可能，我甚至語無倫次地問：

「那要不要結婚？」

她整個人跳了起來，然後迅速移到沙發的角落，一臉驚恐地看著我。

「妳這是什麼表情？我只是說說而已，我知道自己配不上妳。」

「我不是這個意思。」她喊道。

「現在是空亡期間（void time）。」她抓著頭髮說道。

我從來沒看過她這麼慌亂。空亡期間？

「你不知道嗎？在西洋占星術中，空亡期間相當於日本的佛滅日（註一）。這種時候，無論做任何決定，最後很可能落得一場空。所以，至今爲止，我一直選在不是空亡期間的日子和你見面。你爲什麼偏偏今天說這種話？」

我搞不懂這是什麼狀況，只知道她不是平時的她。

「等一下，我不知道空亡是什麼，但也有人在佛滅日結婚啊。」

「但沒有人在友引日（註二）舉行葬禮吧？」

註一：日本黃曆上諸事不宜的日子。

註二：日本人認爲在友引日舉行喪禮、法事，會把噩運帶給朋友。

我只能點頭，但還是無法接受。

「會衰神上身。」她吸了吸鼻子說：「如果早上沒擦鞋，工作就會出差錯；如果用白色以外的毛巾，身體健康會出問題；一旦搬家，就會被男朋友拋棄。所以，我才會感到不安，不得不下廚做菜給你吃。」

她拿起面紙擦著眼淚和鼻涕，哭訴著。由於她的態度太認眞，我差一點笑出來，但想到如果我現在笑會有什麼後果，又不禁感到害怕。

「我不知道妳這麼迷信。」

「因爲眞的會這樣。你不知道吧？我害怕得不得了。你是不是很受不了？是不是覺得我很蠢？你不會想和這種老太婆結婚吧？」

說完，她又哭了起來，我把她拉到床上。說實在話，第一次看到她哭的樣子，令我內心一陣小鹿亂撞。我脫下她的衣服緊緊抱著她，在翻雲覆雨時，在漸漸入睡時，她都一直哭個不停。

翌日，她一大清早就起床了，還把我叫了起來，「你上班之前，要先回家一趟吧？」

我睡眼惺忪地走去客廳，發現昨晚剩下的晚餐已經整理乾淨，桌上放著咖啡和土司麵包。

我咬著麵包，眼睛還睜不開。

「啊，好想睡。今天我們乾脆都請假吧。」

「你在胡說什麼，趕快吃完麵包回家吧。」

「好，好。」我嘀咕著站起來，留下土司邊沒有吃。

「不行剩下來，土司邊最營養了。」她很認真地說。

我終於忍不住捧腹大笑，心情頓時輕鬆下來。我很慶幸她是個傻大姊。

禁慾

二十一世紀的第一年，我下定決心，今年一整年都不做愛。我已經持續了三個月的禁慾生活。我只不過是「宣告不做愛」，許多事情卻都發生了極大的變化。老實說，令我太驚訝了。

首先，情人排行榜上第一名、大我五歲的男人很乾脆地對我說：「那我們這一整年都不要見面。」其實，他正是促使我下定決心禁慾的原因，我無法判斷他這句話到底是充滿誠意，還是卑鄙無恥。去年的平安夜，我和他在沙發上一絲不掛地糾纏在一起時，被他老婆捉姦在床（他老婆偷偷複製了我給他的備用鑰匙）。她手上不知道爲什麼拿了一把三十公分的長塑膠尺，把我們兩個人痛打一頓。事後回想起來，很慶幸她拿的不是刀子，但看到自己胸前和屁股上明顯的長方形紅腫痕跡，就想起小時候曾經被媽媽用竹尺教訓的情形，讓人欲哭無淚。雖說是外遇，但並不是我勾引他，而是他主動找上門（甚至從來沒有帶一塊蛋糕給我），每次做完愛後就拂袖而去，爲什麼我還得被他老婆打？

然而，這只是讓我下決心的契機而已。不久之前，我就隱約察覺我的人生不能這樣下去。從十六歲有第一次性經驗到三十一歲的十五年間，性愛成爲我生活的重心。我絕對不是沉迷肉體之人，只是並不討厭，遇到別人求歡也不好意思拒絕，上了床之後也覺得很舒服，便認爲反正就是這麼一回事。

二十五歲時，我才知道自己的做愛次數比平均（用什麼來平均仍是不解之謎）多很多。我是從別人口中聽到這個我完全無從得知、令人驚愕的事實，原來我的身體，就是情色小說中經常寫到的「千條蚯蚓」（註一）、「魚卵天花板」（註二）。

這些都是在酒吧等待遲到的男朋友時，一個看起來氣質不凡的大叔向我搭訕時說的。他帶我去的不是賓館，而是五星級飯店（當然，我取消了和那個讓我苦等的男人的約會）。我記得我躺在摩天大樓飯店乾淨的床上，大叔剛把手伸進我身體時就「嗯？」了一聲。他小心翼翼地插入，卻很快就結束了。完事後，他向我坦誠他曾經當過AV男優。他見我渾身緊張，搖搖頭要我不必擔心，並告訴我說，我是天生好屄。他深深感慨地表示，至今爲止，他只遇過一個這樣的女人。我雖然聽過「天生好屄」，但沒想到那是眞實存在的，更不敢相信居然就出現在自己的身上。他很善良，警告我，「如果妳不注意，很可能會毀了妳的人生。」經他這麼一提醒，我才恍然大悟。難怪我歷任男朋友都不喜歡一般的約會形式，每個人一見到我，都想趕快把我帶上床。最後，幾乎都是我對他們上完床之後就不聞不問的態度火冒三丈，而提出分手。

然而，他的警告來得稍遲了些，而且也等於給年輕的我火上澆油。那時，我已經有多個枕邊情人，幾乎每天都和其中的某個人上床。這番話令我覺得他們並不愛我這個人，只因我是天生好屄而和我在一起。想到此，我的心情就格外鬱悶。而我同時也認定，這是毫無特長、相貌平平的我的身分標識。

我的相貌平凡，無論他人或我自己都不得不承認這一點。除了在床上翻雲覆雨的時光以外，從來沒人稱讚我漂亮或性感。我的穿著打扮普通，從事的也是一般的銷售工作。但可能我太大意，或是到處都有嗅覺敏銳的男人，每次我一換工作，公司裡就會有人勾引我，最後因爲難以拒絕而和他們上了床。這也往往成爲我總在短期間內就辭職的直接或間接原因。我每天下班後幾乎都有約會，根本交不到同性的朋友，因此無法融入任何職場。

我身邊沒有任何女性朋友，有事只能找妹妹商量。因爲即使和她聊這種事，也不會遭到白眼。妹妹和我不同，在社交方面很活躍，也有很多朋友。星期天的大白天，她在咖啡

註一：當陰莖插入時，陰道內宛如有一千條蚯蚓糾纏的感覺。

註二：陰莖觸碰到陰道上壁時，感覺好像魚卵一樣粗糙顆粒般的觸感。

店裡聽到姊姊滿口又是蚯蚓，又是魚卵的，頓時嚇得目瞪口呆。她沒嘲笑我，也沒輕視我，但卻一臉困惑地說，那方面她和我不一樣，所以無從表示意見。然後開始對我說教，「姊姊，妳不應該把自己無法安定下來的原因歸咎於這件事。」

我並沒有成熟到能坦然接受妹妹的意見。既然這樣，就算了。我乾脆豁出去了。既然我的天生好屄獲得男人一致認同，反而讓我產生莫名的自信。反正我從來不對結婚抱持任何幻想，便索性拋開所有的猶豫，決定在性愛大道上勇往直前。

和已婚男子上床時內心隱約產生的罪惡感早就消失了。我沒拿男人的錢，但理所當然地由對方支付做愛衍生的餐飲費和上賓館的費用。腳踏多條船成為天經地義的事，公司的上司和工讀生大學生曾經在我的公寓彼此撞個正著，但不知道爲什麼，兩個男人都沒有責備我。但這反倒令我更加受傷，於是乎更沉迷於性愛。

凡事都是熟能生巧。我不僅滿足男人，也學會從中得到巨大快樂的方法。就像每天都要吃飯一樣，我也每天做愛。有的人做愛像茶泡飯，也有的像濃醇的法國料理大餐，我就像在品嚐各種美食。有趣的是，若遇到想要試一下的男人，我只要稍微接近，就能輕而易舉地「吃」到。

三十歲後，我發現自己好像有點吃撐了，不禁大驚失色。原本想尋找眞正的美食，卻猛然發現，無論看到誰都不覺得美味可口。可能是吃膩了吧。然而，多年的習慣實在很可怕，當接到男人來電說要到我家時，我仍找不到拒絕的理由。與其找理由拒絕，還不如讓對方趕快上床辦完事走人更輕鬆。

就在這時，發生了聖誕節的塑膠尺毆打事件，原本的漠然與空虛頓時產生具體的輪廓。過年期間，我在老家無所事事時，突然靈機一動，想到「禁慾一年」的好主意。我對坐在老家暖爐桌對面懶洋洋地看著電視的妹妹說：「妳聽我說，我找到今年的目標了。」

「喔？什麼目標？」

「今年一整年，我都不做愛。」

原本盯著電視看的妹妹轉頭望著我，在廚房切菜的母親似乎也停下了刀子。

「妳是白癡嗎？」

「幹嘛罵我白癡！我是認眞的。」

「妳絕對堅持不了多久，我和妳賭五萬盧比。」

「五萬盧比是多少日幣？」

母親哭喪著臉斥責我們，「妳們兩個趕快結婚，不要再讓父母操心了。」打斷了我們的談話。但我是認眞的，照這樣下去，我眞的會變成除了做愛以外一事無成的女人。我沒有勇氣下海去風月場所賺錢，當然不能靠做愛維生。而且，我很想知道沒有性愛的生活是怎麼一回事？我一年不做愛會變成怎麼樣？更想知道我到底能不能忍耐那麼久。

我好久沒有這麼積極了。第一件事就是去換手機。因爲我的枕邊情人和我聯絡時，都是以手機聯絡，而不是打家裡的電話。新年假期後，那些男人接二連三地找上門來，我懇切地向他們解釋「禁慾宣言」。有人像妹妹一樣不以爲然，也有人責問我是不是另有男人了。我差點脫口告訴對方，我一直都另有男人，但還是忍住了。如果激怒對方，吃虧的可是我。

出乎我意料的是，其他男人都很糾纏不清，不像我的情人排行榜上第一名的男朋友那麼乾脆。一想到第一名果然就是不一樣，可能比別人更了解我，也可能喜歡我，我就忍不住哭了。

二月中旬左右，那些枕邊情人三不五時的誘惑和多年的生活習慣，讓我的新年誓言產生動搖。比起性愛，我更眷戀肌膚之間的接觸，好想和男人牽手，也好想把臉貼在他們結實的大腿上撒嬌。然而，我告訴自己，這是我人生的重要關頭，於是就搬了家、換了工作。我用積蓄租了間新房，挑選了之前從來不考慮的行政工作去面試。

我沒有像樣的經歷，年紀也超過三十歲，原本就知道找工作並不容易，果然挫敗連連。當我接到的不錄取通知到達二位數時，妹妹實在看不下去，透過熟人幫我介紹了大型書店的行政工作。和久違的妹妹見面時，她看到剪了超短髮型、穿著一身深藍色套裝的我，竟然說：「妳看起來更情色了。」眞是太沒禮貌了。

我去書店的辦公室面試，一位和藹可親的大叔滿臉笑容地迎接我。我立刻湧起強烈的「食慾」，但還是拚命咬緊牙關。一年，只要忍耐一年，我這麼告訴自己。

天空

我好不容易考上錄取率極低的氣象預報員，終於找到工作，卻又輕易地辭職了。似乎沒有人認同我的所作所爲——父母果然唉聲嘆氣，朋友和公司同事也都勸我，既然沒有懷孕，只因爲要結婚就離職未免太可惜。無論我怎麼解釋，他們似乎都無法理解，所以我只能假裝是一個好不容易找到終生伴侶的三十一歲癡心女人，對他們露出不置可否的微笑。

我只想每天看天空，而我丈夫可以滿足我的要求，事情就這麼簡單。但如果我直言不諱，就會被大家視爲怪胎。雖然我不在乎被當成怪胎，但根據我以往的經驗，大部分人看到自己無法理解的人露出心滿意足的微笑，心裡會很不舒服。

我小時候曾經看過飛碟。這件事是一切事情的起因。我曾經看過兩次。第一次在國小三年級的暑假，那天，父親叫我去附近買菸。像糖果般的太陽漸漸沉落在遠山的稜線後方，我出神地望著接下來逐漸發亮的金星時，看到一個小小的白色發光物體。那個物體以驚人的速度在天空呈Z形飛來飛去後，毫無預警地突然消失了。我驚訝不已，一路跑回家告訴父母剛才看到的景象。父親的眼睛直盯著職棒實況轉播，母親則一臉困惑。廣告時間時，父親站了起來，用力甩了我一巴掌。他向來不是慈祥的人，但卻是第一次對我動手。父親大聲咆哮：「哪裡有什麼飛碟？買包菸買了一個小時，妳到底在幹什麼?!」我哭著道歉，但心裡並不知道父親為什麼暴跳如雷。或許因為激怒了父親，我也不敢告訴同學我好像看到飛碟的事，但我很確定，那不是飛機。從此之後，我就養成只要一有空就仰望天空的習慣。

第二次是在國中二年級，第一次搭飛機去參加表姊婚禮時。我在機內看到小窗外的一片雲海，以及天空的藍色明顯和地面上看到的不一樣時，驚訝得說不出話。我有預感。當飛機慢慢降落，地上的農田好像全景圖般呈現在眼前時，它出現了。在圍繞群山的薄薄霧靄上，我隱約看到閃著白光的物體飛過。我不再告訴父母我的發現。我內心既有認為「可能是某種大氣現象」的理智，也悄悄隱藏著「可能只有我看得到」的夢幻。我告訴和我最要好的同學，她神情嚴肅地對我提出忠告，「最好不要告訴別人，不然別人會以為妳是電波系（註）。」

我仍然熱愛天空，強烈希望能與天空為伍。所以，在和老師討論未來的出路時，我脫口說出我以後想當空服員。沒想到我父母得知後喜出望外，認為我終於知道要腳踏實地，立刻幫我找了英語家教。

隨著年紀漸長，我知道當空服員的夢想錯了，卻已爲時太晚。我不討厭讀書，卻無法適應短期大學的英文系和之後讀的空服員培訓班。我太膽怯，沒有勇氣收回自己說的話。等到找工作時，航空業界的景氣下滑，父親四處託人，總算爲我安排在某大航空公司當約聘空服員的工作。

結果，我在那裡只做了一年。我早就知道想要和天空在一起的願望與空服員的職業毫無關係，其實應該趁早改行。做事慢半拍的我在前輩眼中成爲無能之輩，不但每天被她們數落「眼睛不要看窗外，要看著乘客」，甚至還遭逢一些無聊的惡作劇。我差點精神崩潰，最後只能辭職了事。

那時，我剛好在新聞中看到最近有氣象預報員的資格認證考試。我膽戰心驚地向被我這個女兒搞得顏面盡失的父親提出想報考的想法，他說「隨妳便」。

我認爲這或許是我的天職，但看到考試的習題集時，我因爲絕望而笑了出來。我從來不曾認眞讀過地球科學和物理，雖然知道雲的形狀和星座名，卻看不懂氣象雲圖和解析資料。幸好之前在空服員培訓班時曾經接觸過一些，便覺得與其整天在家遊手好閒，還不如

註：專門指有妄想或妄想癖的人，或是拒絕和他人溝通的人。

盡力試試看。

或許是就讀短期大學和空服員時代經常不得不勉強自己和那些合不來的人交朋友，從事過與個性不符的服務業的關係，我越來越害怕和他人相處。整整兩年的時間，我都是獨自在家自學氣象學。落榜兩次後，我終於知道靠自學無法通過錄取率不到百分之十的考試，於是參加了函授教學和面試指導。

來參加氣象學面試指導的人五花八門，但很少有女學員，那些男學員大部分都是「天文宅男」。上完課後，有時會一大票人跑去喝酒，我第一次發現原來聚餐也可以這麼好玩。我談起小時看過飛碟的事，大家都聽得津津有味，紛紛討論那到底是怎樣的氣象現象，甚至很認眞地討論飛碟存在的可能性，讓我十分震驚。當時，坐在我旁邊的就是後來成爲我丈夫的人。

「大家都沒有取笑我。」我喃喃地說道。

他這個大男人像大象一般瞇起眼睛看著我，「怎麼會取笑？天空本來就有各式各樣的東西飛來飛去。」

「以前我只要提起這件事，就會被當成怪胎，所以我幾乎沒告訴過別人。」

「一般人每天看天空的時間不會超過兩分鐘，但妳每天看好幾個小時，看到的東西當然會不一樣。」

聽他這麼說，我也覺得很有道理。我看電視只看天氣預報，除非是和課業有關的內容，否則我很少看書，對料理、流行和約會我也沒有興趣。無論夏天還是冬季，只要一有時間，我就坐在陽台上專心一志地看著天空。

他自我介紹說，他是山岳攝影師，然後又笑著補充光拍山岳無法維生，所以也接受委託去拍藝人的八卦。他出現在那個場合，我以爲他也是學員，結果才知道他根本只是和朋友一起來聚餐。分手之後，我才後悔沒有問他的電話。

聽了相關課程，熟悉氣象圖，也遇到能隨時讓我發問請教的前輩後，我茅塞頓開，連專業書也看得懂了。然而，我當空服員時存的錢已經見底了，只能暫時依靠父母。誰都不知道我能不能考取氣象預報員資格考，即使考取，也不知道能不能順利找到工作。父親明白地表示他不願意幫我出學費，母親居中協調，並接二連三地拿一些相親照片給我看。我覺得自己眞的如父親所說，是個沒出息的傢伙，吃飯時總低著頭，畏首畏尾的。我常常仰望著星空流淚，自嘆老大不小了還無法自食其力，也不結婚，難道我眞的有問題嗎？我暗自決定，如果這一次再落榜，我就聽母親的話，乖乖去相親、結婚。一旦走入家庭，生兒育女，父母和其他人就會認定我獨立自主了，我也不需要再這麼自責。

沒想到第三次應試，我的學科考試和技術考都合格了，而且我寫信向氣象學校的講師道謝時，他問我想不想去新成立的氣象服務公司上班，順利地幫我介紹了工作。父母雖然不滿意，但還是爲我感到高興。父親無可奈何地說，妳從小就很頑固，眞拿妳沒辦法。

那家公司的環境並不會讓我感到不自在。薪水雖不怎麼理想，但能接觸到我最喜歡的天氣，我得以忘情地投入工作。

我在那家民間氣象服務公司的第一年做業務工作，第二年就如願調到氣象預報部門。這家公司的工作是爲了減少天氣變化對客戶造成的風險，每三個小時就要向建築和物流公司提供天氣預報。這不同於電視上的天氣預報，萬一預報錯誤，不是一句「對不起」就能解決的。即使如此，我仍比當空服員時更有幹勁，即使被罵也自認值得。

然而，日子一久，我內心的空虛再度慢慢累積。我告訴自己，好不容易找到理想中的工作還心生不滿，未免太不知足。但天還沒亮就出門上班，深夜才回家的生活讓我越來越眷戀天空和空氣。即使能用高科技的電腦了解世界各地的氣候，卻無法親身感受的寂寞在我心中與日俱增。

有一天，我在公司收到一份攝影展的廣告信函。上頭印著的那張小型大頭照，正是那個長得像大象的男人。我硬是向公司請了假，趕去長野縣參觀攝影展。在我能思考之前，我的身體早已渴望和他見面了。看著各式各樣的山岳和天空，以及在高山植物的樹葉尖端閃爍的水滴照片，我的淚水奪眶而出。展覽館快打烊時，我才終於見到他，一起吃飯時，我們聊得很開心，也笑得很開心。我終於知道內心眞正的渴望。當只見過兩次面的我向他求婚時，他顯得不知所措，但還是很靦腆地告訴我，上次就感覺和我很談得來，所以特地查到我的工作地點，寄上個人攝影展的廣告。

如今，我住在美其名為小木屋，其實只是森林中簡陋的山中小屋內。丈夫因為工作，經常攀登日本各地的山岳，無法每天廝守在一起，我卻仍然覺得很幸福。父母再度搖頭嘆氣，但我終於不必按照父母的安排過生活。我事不關己地暗自想道，人生和天氣一樣，即使能預測，也無法改變生活方式。

我在農田工作時，都用無線廣播收聽氣壓狀況，每天仰望天空。像棉花般的雲慢慢飄過，我今天又在雲朵角落發現了小小的白色發光體，不禁莞爾。

義工

我想在車站買車票，發現有人正用手指摸著旁邊的售票機。仔細一看，那人戴著淡褐色的墨鏡，手持白色拐杖。男子上了年紀，穿著漿挺的麻質襯衫和長褲。

「需要幫忙嗎？」

他正在摸點字，顯然是視障者。我不假思索地主動上前詢問。雖然他看起來很嚴肅，卻露出親切的笑容。

「不好意思，那可不可以請妳幫我買票？」

他毫不猶豫地把皮夾遞給我，報出三站外的站名。突然拿著別人的皮夾，我的心跳加速起來。當然，我絕對沒有做壞事的念頭，只是訝於視障的朋友怎麼會這麼毫無防備地把皮夾交給陌生人。

「售票機換新機種了。」

「啊，對啊，起初我也搞不太清楚。」

新的售票機不是按鈕式，而是和ＡＴＭ提款機一樣，以觸控式螢幕操作。我買完票，先交還皮夾，然後遞給他車票。

「呃，我和你搭同一班電車，要不要陪你一起搭車？」

「是嗎？那就太感謝了。」

他沒有客套，輕輕抓著我的右手臂。第一次被女生挽手的男生或許也會像我此刻這般靦腆害羞吧。被人依賴的感覺眞好。

走過自動閘門驗票機，沿著階梯走上月台，在等待電車和搭電車的期間，我們互相自我介紹並閒話家常。老爺爺姓高野，從小就弱視，成年時幾乎喪失視力。他可以打理自己的日常生活，也能自行去任何地方。他搬到這附近才半年，所以還不是很適應。當我說，我搬來這裡才一個月時，他開心地問：「是嗎？」原來我們去過同一家超市、同一家圖書館，他隨口問我中午哪裡可以吃簡餐，然後告訴我哪一家洗衣店和蛋糕店物美價廉。我問他是否喜歡吃甜食，他笑著回答：「對啊，我昨天把我孫子的份也吃了，被老婆罵了一頓。」這時，高野先生到站了，他向我道謝後，熟門熟路地下了電車。我好像目送情人般趴在電車的車窗上，看著他消失在階梯上。

好久沒有這麼心情暢快了。他似乎很健談，不知道能不能和他成爲朋友？三十一歲的有夫之婦想和已經有孫子的老男人交朋友，會不會令人感到匪夷所思？搭電車的時候，我暗自竊喜地想著這些事。

那天晚上，我關了臥室的燈，快睡著時，聽到玄關開門的聲音，我跳了起來。枕邊的鬧鐘指向深夜一點。

「吵醒妳了嗎？妳睡吧。」丈夫脫下西裝外套，面帶微笑地對我說。

桌上放著便利商店的袋子，看得出裡面有飯糰和罐裝啤酒。「你打一通電話，我就會幫你準備飯和啤酒啊。」我差一點脫口而出，但還是把話吞了下去。爲什麼丈夫完全不依賴我這個做太太的？這完全是我自作自受，這話一旦說出口，夫妻倆又會吵個沒完。

「最近很忙嗎？要忙到什麼時候？」

「活動結束後會告一段落，可能還要一點時間。」

「你身體吃得消嗎？」

「嗯，謝謝。妳去睡吧，沒關係，我洗完澡也會去睡。」

我很想把今天發生的事告訴他，但他委婉地拒絕我。我唯一能做的，就是避免給他添麻煩，於是便點點頭回到床上。

丈夫是「轉勤族」（註）。結婚後，幾乎每隔兩年就要調到全國各主要城市工作。他剛被派來這個城市的分店，就得負責辦一場慈善活動，每天晚上都搭末班車回家，連假日都要上班。

和他結婚時，我就知道他工作忙碌，經常得調到全國各地。當時，我認爲有這麼溫柔體貼的丈夫，即使住在天涯海角都能排除萬難。然而每次搬家，我們都因爲窗戶尺寸不同而不得不重新做窗簾。我找計時工作不是爲了補貼家用，而是爲了和左鄰右舍建立良好的人際關係。好不容易適應環境時，新的人事命令又再度下來。一次又一次重複這樣的生活，疲累程度完全超乎我的想像。漸漸地，我的情緒越來越低落。看過醫生後，醫生開給我輕量鎮定劑，但最嚴重時，我甚至無法完成最低限度的家事。一天的時間就在莫名其妙的傷心難過、流淚痛哭中結束了。丈夫很擔心我，自認是他把我逼到這個地步。但我知道他每次調職，在新的職場都會面臨新的壓力，我無法要求他多關心我。所以，我決定讓自己腦袋放空，不去思考爲什麼無法懷孕，也不去想身在此處到底有什麼意思，排除所有周期性出現、造成我情緒憂鬱的原因，心情才稍微輕鬆了一點。

今天我出門去面試計時工作。每次搬到一個新地方，我就會先找一個工作去面試。我學歷不佳，更沒有像樣的經歷，最主要的是個性不積極，所以經常遭到拒絕。每次失敗，丈夫就會安慰心情消沉的我，「妳在家就好。」我內心也有點期待他這句話。我並不是不想工作，只是覺得置身於新的人際關係中很麻煩。今天在面試途中遇到令人愉快的事，我極爲難得地說話這麼有精神，也許對方會錄用我。我聽著丈夫在浴室中淋浴的聲音，閉上眼睛。

翌週接到的仍是無法錄用的通知。這麼一來，我等於拿到了可以整天在家的免罪符，但鬆了一口氣的同時，內心又有點失望。我告訴自己不要想太多，於是出門買菜，卻在不知不覺間走向圖書館，希望巧遇高野先生。我去了圖書館的朗讀錄音帶區，又翻了一會兒雜誌，卻不見他的蹤影。我也到他之前告訴我的洗衣店和蛋糕店找他。我並不是愛上他，可是自己到底在幹什麼？我搖搖頭，走進已經過了午餐時間的咖啡店，想歇息一下，沒想到在入口附近的座位看到高野先生。我喜極而泣，吸著鼻子打招呼說，「高野先生。」

「喔，原來是上次的太太。」

他還記得我的聲音。我高興得像個孩子般抽抽答答地哭了起來。店員好奇地看著我。

「妳在哭嗎？來，先坐下吧。」

「對不起，你一定很困擾吧。」

註：因爲工作關係經常被派到各地分店工作的人。

「如果造成我的困擾，我會直說。好了，先別哭了。」

他似乎剛吃完飯，服務生爲他撤下吃得很乾淨的餐盤後，將咖啡放在他面前。

高野先生說他今天閒著沒事，出來走走，然後問我發生了什麼事。我無法有條理地解釋心情爲什麼這麼激動，連我自己都很納悶。他靜靜地聽著，不時出聲附和。我原以爲自己有很多話要傾吐，但說出來之後，發現一下子就說完了，而且說出口的淨是一些微不足道的不滿。

「結果，那份計時工作沒被錄用嗎？」高野先生只問了這句話。

我落寞地回答，「對。」

「如果妳有時間，願不願意嘗試做義工？」視障的他無法將焦點集中在我臉上，微笑地問道。

高野先生告訴我，可以去他朋友負責的義工團體登記，在自己方便的時候陪視障朋友外出。老實說，乍聽「義工」兩字，我有點畏縮，內心也產生了疑問。一個連家庭和自己都無法搞定的人，有時間去做這種事嗎？這和我幫助剛好在路上遇到的高野先生不一樣，一旦在團體登記了，就必須負起相當的責任。我沒做好負責任的心理準備，而且如果單單只是爲了自己散心而去做，不就只是僞善嗎？

在咖啡店臨別前，高野先生說：「如果妳有興趣，再打電話給我。」過了一個星期、十天，他都沒打電話來催促我。這也難怪，因爲這種事無法勉強，必須是自動自發。

第二個星期，我終於打電話給高野先生，表示願意試試義工的工作。他很高興，但再三叮嚀我，「即使別人拜託，只要妳不喜歡就拒絕，也可以隨時放棄。」

翌週開始，我每個星期選兩個非假日去做義工。我覺得難以啓齒，一直沒告訴丈夫這件事。

原本我的內心很不安，但實際試過後，發現義工工作比我原先以爲的輕鬆多了。只要去指定的地點接人，問當事人想去的地方，並陪著一起出門就好。這些需要幫助的人各式各樣，有時候我陪上了年紀的婦人去買衣服，有時候帶十幾歲的男孩去電氣街買電腦。向來怕生的我能和他們正常交談，傍晚送他們回家時，來自他們及其家人的鄭重道謝，令我一天的疲勞頓時煙消雲散。應該道謝的是我。

然而，短短的一個月，我就遇到了瓶頸。那天，我陪年紀和我相仿的男人散步，他像小孩子般任性，一下子叫我去買根本沒有在賣的零食，一下子又指責我散步的方法和說明風景的方式不夠親切，最後甚至說：「即使被妳這種幸福快樂的人幫助，我也不會覺得高興。」我努力說服自己，他只是把我當出氣筒，但一直認爲自己在助人的我還是因此大受打擊。我打電話給高野先生，剛好他不在家。我淚流滿面，沒料到自己這麼脆弱、這麼沒出息，意志更消沉了。

我告訴自己，在丈夫回來前必須振作起來，但他一進家門，我就忍不住放聲大哭。丈夫問我：「最近這一陣子不是都很有精神嗎，到底發生什麼事了？」我把瞞著他做義工的事和盤托出。

丈夫聽完後，深深嘆了一口氣，他冷冷地說，義工是行有餘力的人做的事，妳只是在逃避，想藉由幫助他人拯救自己。他平時無論再怎麼累，都會溫柔地安慰我。如今他這番話讓我瞪大了眼睛。

「如果妳連這種事都要哭哭啼啼，我勸妳什麼都別做，整天待在家裡就好。」他不耐煩地說完，起身往臥室走。

「我不要！」

我也搞不清楚是怎麼一回事，只覺得腦袋深處發冷。

「你說你公司的慈善活動目的在募款，那爲什麼不乾脆把找藝人表演和製作T恤的預算捐出來？」

「喂，這根本是兩碼事。」

「對不起，我哭哭啼啼礙到你了。」

丈夫錯愕的表情，令我想起今天見到的那個和我年齡相仿的男人。他說，他在幾年前的車禍中喪失視力，幸好他太太的娘家很有錢，所以他什麼事都不用做。當時我還覺得他在炫耀，如今我終於體會到他內心的孤獨。我連哭泣和消沉的自由都被剝奪了。此時此刻之前，我甚至沒意識到權利被剝奪這件事。諷刺的是，當我發現這一點後，淚水頓時乾了。我已經好幾年沒這麼清醒了，我清楚地看到丈夫削瘦的臉。

「這種公司，乾脆辭職算了。」

丈夫聽到我的話，也沒有反駁，低著頭，久久沒抬起來。

頻道權

男人爲什麼那麼喜歡棒球？不，我知道也有人不喜歡棒球，不過我活了三十一年，回想起歷任男朋友，雖然每個人的性格和工作不同，但都喜歡看棒球比賽。我十八歲開始一個人住，男朋友都喜歡整天耗在我家（這件事本身讓我很開心），天經地義地打開電視，聚精會神地看球賽。我父親也是如此，這對我來說是多年的不解之謎。我曾經問過當事人、公司的上司和女性朋友，始終沒有得到令人滿意的答案。

現任男朋友和我同年，我們同居差不多快三年了。一起窩在狹小的公寓裡整整三年，原本的甜蜜氣氛早就不復存在，無論他放屁還是我專心拔眉毛，都變成日常生活的一部分，絲毫不足爲奇。他似乎認爲我們差不多該結婚了，卻還沒向我求婚。但即使他向我求婚，我可能也不知道如何回答。

我不討厭他，就像我也不討厭棒球一樣。我們平靜地生活了三年的光陰，所以，說起來應該算喜歡他，但想到若就這麼糊裡糊塗地結了婚，一輩子過這種生活，不禁想仰天長嘆。

此刻，他正穿著領口鬆垮、拿來當睡衣的T恤及短褲，目不轉睛地盯著他支持的球隊的賽況。換投手時，他嘀嘀咕咕地發著牢騷，喝起罐裝啤酒。雖然以前也有男朋友是默默看球賽的，但無論是對著電視大叫的他，還是不發一語地看球賽的人，都自以爲教練。我認爲他們都很蠢，也曾經當面說過，但他不僅沒反省，反而說我：「妳眞可憐，竟然不了解其中的樂趣。」我根本懶得理他。

我用錄影機錄下相同時段播出的他台連續劇。廣告時段，我趁機轉台。

「臭女人，妳別轉台！」

「臭女人？那你算什麼？現在是廣告時間，轉個台有什麼關係！」

「妳不是已經在錄影了嗎？」

「讓我看一下有什麼關係！」

他搶過遙控器，調回棒球的頻道。「我看的是實況轉播，妳的連續劇可以晚一點再慢慢看。」

「我也想在第一時間看連續劇。」

「現在正在比賽，現在不看還有什麼好看的。」

這時，球賽又開始了。我沉默不語地走向廚房，洗碗時故意發出乒乒乓乓的聲響。我知道連續劇晚一點看也沒關係，但我第二天也得上班，不可能熬夜，如果在他還沒睡覺的時候看，他就會不時打斷我，讓人格外生氣。我想明天去上班時和同事討論連續劇的劇情，但他看完棒球實況轉播，又會接著看體育新聞，我今天根本沒時間看剛才錄的節目。

爲什麼頻道權永遠掌握在男人手上？或許我應該再買一台電視。但這個舊公寓只有兩個房間，我們的東西已經塞滿所有的空間，電視天線插頭也只有一個，眼下也沒有錢換間大房子。我們又沒結婚，爲什麼我得配合他看實況轉播球賽下廚做飯、做下酒菜，連碗都要我洗?!

整理完廚房後回到他身邊，剛好看到很受矚目的新人選手打出全壘打反敗爲勝。他興奮地用力拍桌，滿面笑容地伸出手和我握手。我就像那種有一個笨兒子的母親，擠出笑容和他握手。

「我問過很多次，可以再問一次嗎？」

他看著我，臉上仍然帶著笑容。

「爲什麼男人這麼喜歡棒球？」

他看著我，眨了幾下眼睛，把拳頭放在嘴上，難得地陷入沉思。

「那我問妳，爲什麼女人這麼喜歡談論愛情的話題？」

認識他之後，我第一次啞口無言。

昨天，同居女朋友又問我：「爲什麼這麼喜歡棒球？」她很漂亮，也很會做菜，個性直爽，活力充沛。她在家的時候凶巴巴的，可是只要有外人在場，總是相當給我面子。老實說，是我高攀她。她只有一點讓我煩不勝煩——不光是棒球的事，所有的事她都太愛發問，又不是小學生，不需要整天問「爲什麼？爲什麼？」，沒事幹嘛整天想這些無聊的問題？一個女人家，讀什麼理科大學，就是這樣才會滿嘴歪理。

下午的會議拖了很久，我上完廁所，順便在休息區抽支菸醒腦，別部門三個新來的女生剛好經過我眼前。她們用肩膀彼此撞來撞去，在嬉笑著什麼。其中一個女生一見到我，表情頓時亮了起來，然後落後其他兩個人一步，悄悄對我揮了揮手。我也跟著向她揮手。

迎新時，那個女生似乎對我特別有意思，她積極、卻背著其他職員地接近我。她長得沒我女朋友漂亮，但很可愛，再加上年紀比較輕，膚質很好。她那雙腿和屁股都很誘人，說起話來文靜又慢條斯理的樣子也令我產生新鮮感。我對她也頗有好感，沒想到她主動邀我吃飯，而且就約在今晚。我向來不敢招惹年近三十的女人，但她還年輕，即使和她上一次床，應該也不會整天逼著我結婚吧。況且，我和女朋友同居多年是眾所周知的事，她說即使我有女朋友也無所謂，想和我約會一次。今晚沒有球賽轉播，可以好好約個會。我努力繃緊忍不住想笑的心情，摁熄香菸。

我當然知道年輕女孩喜歡什麼樣的餐廳。我們並肩坐在看起來像時尚酒吧的日式餐廳吧檯前，起初氣氛還不錯。她的酒量很好，和我一起喝著啤酒和日本酒。我之前也曾帶別的女人來過這裡，這裡的氣氛雖不錯，但料理依舊難吃。這家店看起來雖高級，其實價格很便宜，所以也沒辦法抱怨食物。

她坐在我身旁，整個身體轉向我，我每說一句，她就誇張地附和著。突然，我發現她臉上的笑容消失了，也不再看我。那時我剛好聊到一名叫吉村的選手受傷歸隊後，我拿到他的簽名球感動不已的事。

「你眞的很喜歡棒球。」

聽到她這句話，我有種不祥的預感。

「呃，妳討厭棒球嗎？」

「很喜歡啊，我每年都會去看兩次夜場比賽。」

「眞的嗎？那下次要不要一起去看？」

我以爲她會興奮地說：「啊？眞的嗎？」沒想到她竟然不置可否地笑了笑，而且從皮包裡找出香菸點了火。我並不覺得女人抽菸不好，但這是她第一次在我面前抽菸，很明顯的她是想表達心中的不滿，而且她還擅自加點了冰日本酒。

「我可以請教你一件事嗎？」

「嗄？」

「爲什麼你一直都在聊棒球？從剛才到現在，你都沒聊過其他的事。」

「呃……呃……」我故作鎭定，拚命思考如何巧妙帶過。

「出了社會後我才發現，那些大叔聊棒球，是害怕沉默，急著找話題，好像程式化的電腦一樣，根本沒什麼內容，實在讓人看了於心不忍。」

「妳讀的是理科大學嗎？」

「不，不是。」她面露疑惑，往自己的杯子裡倒酒。

我很想狠狠地反駁她，但又不能像對待女朋友那樣亂發脾氣。

「那我問妳，爲什麼女人老是喜歡談論愛情的話題？」我努力裝出鎭定的神色。

「有些女人如此，但我不是。我希望你不要將任何事都簡單地以男人或女人來論斷。」

我終於了解，我的口拙無法讓她閉嘴，同時也知道今晚不可能帶她去哪裡。女人眞令人費解，之前她看我的尊敬眼神到哪裡去了？爲什麼忽然翻臉，對我露出輕蔑的眼神？雖然我不認爲她說的話正確，但顯然我輸了。

星期一晚上，男朋友說他要招待討厭的客人，回來時整個人都累癱了。他星期二比我更早回家，還煮好了飯。我回到家看見他正在燉咖哩，簡直嚇壞了。即使我問他發生什麼事，他也只是無力地搖搖頭。雖然我覺得事有蹊蹺，但如果不及時道謝，他以後恐怕再也不會下廚了，所以我吃飯時特地誇張地表達內心的感謝。更令人驚訝的是，已經七點了，他也沒有打開電視。

「你不看棒球嗎？」

「呃，我可以看嗎？」

「你在說什麼？你平時不是每天看嗎？」

是喔。他輕聲嘀咕後，打開電視。我拿了兩罐啤酒，在正看著電視的他身旁坐下。

「今天妳不錄連續劇嗎？」

「星期二沒什麼好節目。」

是喔，是喔。他連續嘀咕了兩次。今天的比賽是沒什麼看頭的投手戰，他也一直沉默不語。廣告時，他頭也不回地突然對我說：「謝謝妳陪我看。」

「喔，不客氣。」

他突然變得這麼客氣，一定是在外面被小女生欺侮了吧。不過我不打算深究。一起吃飯、一起看電視，這樣或許也不錯。我看著螢幕上擋球網後跟著父親一起來看球賽的小學生那張開心的臉，不禁暗自想道。

信

拜啓，殘暑逼人，不知您近來可好？

或許您已經忘了我，但這是我第三次寫信給您。如果我告訴您，我是住在山梨縣、需要看精神科、曾離過一次婚的粉領族，不知道您是否會想起來？第一次寫信給您，是在您的大作首次問世的五年前，第二次是在那三年後您榮獲文學獎時。在我三十一年的人生中，只有兩次由衷地感到高興。一次就是我第一次寫信給您收到回信時，第二次是您二十九歲就獲得如此崇高的文學獎之際。當時，我不知道您入圍的事，偶然打開電視，在新聞中看到您得獎的消息，眞的十分驚訝，感動得彷彿是自己得獎般，忍不住痛哭失聲。家人還以爲我怎麼了，因而擔心不已。啊，這些事上回的信中已經提過了，對不起。

之後，您成爲暢銷作家，我既高興，又有點感傷，心情很複雜。您目前有數部連載小說，身爲您的書迷，衷心爲您感到高興之餘，不免擔心您的身體狀況。

對了，您好像搬家了。我剛才說，這是我寫的第三封信，嚴格來說，其實是第四封。上一封信寄到您以前住的地方，結果被退了回來，說是查無此人。之後，看到您在雜誌的採訪中提到您搬家了，才再度提筆，請出版社轉交給您，請見諒。如果您不介意，可以告訴我您新家的地址嗎？委託出版社轉交，難免擔心能不能確實交到您的手中。

我已經拜讀了您的新作。您的每一部作品都攪亂了我的內心深處。雖然我知道您的作品並不是眞實的故事，嚴格說起來，算是抽象派（對不起），但總令我以爲是在寫我的事。我竭力避免去想的事都被您一語道破，令我啞然。您首部作品的那部中篇小說，讓我忍不住大叫「這就是我！」。不好意思，這事以前也寫過了。每次拜讀您的大作，我總忍不住對照自己的現況，思考自己的事。

在第二封信中，我也曾經提到快被公司開除了。因爲我失眠，早上爬不起來，無法準時上班。以前每個星期遲到一、兩次而已，如今每個星期會遲到四次，前幾天，總務部長找我談。在此之前股長經常數落我，但當部長正式約談時，我知道這天終於來臨了。

部長是個心地善良的人，很同情我的病，建議我休息一段時間好好治療。我心裡很清楚，六月新錄用的女職員年紀輕輕卻很能幹，只要她在，有沒有我根本無所謂。我們是一家小公司，如果我是董事長，也會認爲繼續付錢給工作能力差、整天遲到，甚至無法面帶笑容地爲客人奉茶的職員根本是在浪費錢。所以，我完全不感到氣憤，只覺得年輕時像塵埃般漸漸累積的無力感，在不知不覺中幾乎快把我壓垮。雖然我之前就意識到這事，但被有身分地位的年長男性暗指「身爲社會的一份子，妳沒有價值」時，還是大受打擊。部長見我不發一語，安慰著說，如果我自動離職，公司會支付一小筆離職金。我至今還沒答覆部長，您說我該怎麼辦？

我目前仍持續看病中，但每次我聊不到五分鐘，精神科醫生就急著幫我開藥。一開始開的藥藥性比較弱，但似乎和我的體質不合，後來便改用藥性比較強的藥。結果對我來說效力又太強，不僅每天早晨起不了床，甚至一整天都昏昏沉沉的。除了醫生以外，家人和朋友也勸我持續做一些輕度的運動，白天儘可能外出，放鬆心情，不要淨想失眠的事。其實我也努力了，但是，如果這樣就可以解決問題，我就不會煩惱了。

我們公司的打工歐巴桑說，從長遠的目光來看，我乾脆辭掉工作，接受心理輔導，做徹底的治療比較好。這個歐巴桑是全公司我唯一可以輕鬆交談的人，雖然她快五十歲了，但體力是我的一百倍。她是全家每天最早起床的，爲丈夫和小孩做完早餐後出門，下班後去超市買完菜再趕回家煮晚餐、做家事。她很親切，活力十足，我眞的很感謝她這麼關心我。但聽到她叫我接受心理輔導，還是有點火大。保險不給付心理輔導的費用，每次得花上一萬圓左右。我被公司開除了，怎麼可能有錢支付？

我曾經在雜誌的專欄上看到，您的身體以前也出過狀況，曾經接受心理輔導，也曾前往精神科就診。如果之前沒看過這篇文章，我一定會害怕世人的眼光，甚至連精神科也不敢去看。不過，看心理醫生的費用（我查了一下）對我來說太貴了。我想問您一個很單純的問題——您認爲花這麼多錢去接受心理輔導値得嗎？您給我的第一封回信時曾經提到，純文學作家眞的賺不到錢，但如果去打工，就會疏於本業，所以生活很拮据。我知道我這麼問很失禮，但您是最近才成爲暢銷書作家的，那麼當時您如何籌措看心理醫生的錢呢？如果您覺得即使節衣縮食，也有必要接受心理輔導，那我也想試上一試。

短暫的婚姻生活破裂後，我回到娘家，成爲世人口中的「啃老族」，所以食衣住不成問題。只要我願意，應該有能力去試一次看看。我父母的想法比較傳統，覺得我去精神科看失眠就是一種「嬌氣」的表現，總是給我臉色看。目前我還在工作，問題還不是太大，一旦我失去工作，他們一定會逼我再婚。怎樣才能讓我父母對我不抱希望？

我和您同年，也同樣離過婚，自認爲和您很有共鳴。我再也不想結婚，但同時又覺得如果可以當專職主婦該有多輕鬆，眞的很矛盾。請問，您有什麼看法？您受雜誌專訪時曾提到「只有具備獨立生活的能力和心理準備，才能考慮結婚」，像我這種無法獨立的人即使結婚，也會重蹈覆轍嗎？

雖然我在別人面前不曾表現出來，但事隔五年，我內心仍然無法忘卻離婚過程中所發生的事。我很想找人傾訴，卻沒有這樣的朋友。我和學生時代的朋友和公司的同事只是維持表面上還不錯的關係。您住東京，或許比較難以理解，曾經是我朋友的人都已經結婚生子，即使見了面，話題也圍繞著小孩和家庭，她們都覺得我很可憐。我想我是太彆扭了，才會在她們親切的詢問背後瞥見她們內心的優越感。

我很想把心中的鬱悶一吐為快，我迫切地想這麼做。老實說，我非常希望能和您見上一面，向您當面請益，但這必定會造成您的困擾吧？正因為有很多像我這樣的人，這個世界上才會有小說家和心理醫生這個行業嗎？但我周圍似乎沒有人需要小說家和心理醫生。

老實說，我很羨慕您，也或許是嫉妒。我們同年同月生，同樣在年輕時經歷失敗的婚姻，看過心理醫生，但您現在渾身綻放著光芒，而我甚至沒有足夠的精力和經濟能力離開老家，只能在家裡繼續腐爛下去。這是因為您既有才華，又付出了努力，而我兩者都沒有，雖然我心裡很清楚，但還是忍不住鬧彆扭。您甫出書時，我就是您的忠實粉絲，至今仍然如此，但同時我也希望有朝一日，能不需再看您的書，我真的很矛盾。

對不起，寫了很多無禮的事。您上個月舉辦簽書會時，我因為工作的關係無法前往。希望您下次舉辦簽書會時我能去見您。以前，您曾在信上說接到讀者來信是您最快樂的事，我也真的很開心。我知道您工作繁忙，但還是隨信附上回郵信封，如果您有空回信，會讓我快樂得飛上天。哪怕三言兩語也好。

對不起，囉里囉嗦聊了這麼多自己的事，我可以再寫信給您嗎？衷心祈禱您身體健康、事業蒸蒸日上。

另，我母親娘家種葡萄，寄上葡萄請出版社轉交給您，敬請笑納。

小女子

安心

打開女兒的抽屜，竟發現可怕的東西。我找不到平時用的剪刀，想借女兒的剪刀，順手打開了她的抽屜。

我們家完全不注重個人隱私。聽說有些家庭只要父母進小孩子房間，子女就會和父母大吵一架，但我家的孩子完全沒這方面的問題。家裡的東西幾乎都是共同擁有，無論兒子還是女兒，從小都很感激我去收拾他們的房間或是幫他們洗衣服。我也發自內心地感謝一對兒女很善解人意。

然而……

當我關上第一格抽屜時，發現第二格抽屜稍微開了一條縫，不經意地打開一看，發現小型相冊和小辭典上放著一個六公分見方的漂亮盒子。即使我已經六十歲了，也知道這個印著知名服飾品牌名的彩色盒子裡裝的是什麼。我不假思索地用力關上抽屜，試圖假裝什麼都沒看到，兩隻腳卻釘在原地。我戰戰兢兢地再度打開第二格抽屜，女兒個性一絲不苟，抽屜也整理得井然有序，看起來像是隨意丟進抽屜中的保險套盒子打開了。我鼓起勇氣，拿起盒子，拿出裡面的東西。連在一起的保險套有六個，顯然不曾使用過。

我已經生過兩個孩子，這麼說可能會被誤以爲在裝清純，但隔著塑膠包裝袋看到那個引人遐想的物體時，我心中感到一陣慌亂，急忙放回盒子，走出女兒的房間。

這件事在我腦海盤旋一整天，無論做什麼事都心神不寧。丈夫去年從工作多年的公司退休後，目前在關係企業擔任顧問，不會像以前那麼常加班，每天六點準時回家。我很擔心能不能在丈夫面前保持冷靜。我女兒三十一歲，在大型內衣公司擔任企畫工作，有時候深夜才會回家。聽說她經常忙得沒時間午休，常常只能吃泡麵充飢，多年來，我一直爲她做便當。

雖說是自己的女兒，但我不知道她是否已有過性經驗。她個性開朗，不怕生，富社交性，但在某些地方卻很死板。想到她已有過性經驗，我的心情就很複雜，但如果三十一歲還是處女，恐怕更令人擔心。

比起其他家庭，我們家算是關係和諧，親子之間也經常交談，但遇到這種事，還是令我不知如何是好。不，回想起來，我們家總是很巧妙地迴避有關性的問題。兒子和女兒都很敏感，也許他們刻意避開這方面的話題，努力尋找健康有益的話題和我們聊。

比女兒大五歲的兒子十年前結了婚，因爲工作的關係，輾轉調至歐洲各地，每兩年才回國一次。兒子還住在家裡的時候，我曾在打掃他的房間時發現色情雜誌，當時我並沒有感到不安。我很自然地接受了這件事——他是男生，這是理所當然的。

兒子出乎意料地很早離開了我們的身邊，所以我和丈夫都希望女兒一直留在家裡。當然，我們完全沒有想束縛她的意思，很希望她能找到理想的對象，邁入幸福的婚姻。

我不知道發了多久的呆，才突然想到也許女兒有正式交往的對象。我坐立難安，再度進入女兒的房間，又打開第二格抽屜，拿出保險套下的相冊翻了起來，尋找有沒有我不認識的男人，但那些全都是女兒和朋友一起出遊時拍的照片，她早給我看過了。

這時，門鈴響了，我跳了起來，相冊掉在地上。抬眼看牆上的時鐘，竟然已經傍晚六點了。和丈夫結婚多年，這是我第一次忘記煮晚餐。

我慌忙衝下樓梯，打開玄關，丈夫還沒說「我回來了」，就問我：「妳怎麼了？」

「不，沒事。我有點累，在打瞌睡，沒辦法做晚餐。」

「沒關係。倒是妳還好嗎？是不是感冒了？」丈夫沒脫外套就盯著我看。

我勉強擠出笑容。「偶爾叫外賣壽司吧。」

「是不是發生什麼事了？妳好像不大對勁。」丈夫把我當成小孩，將手放在我頭上，溫柔地對我說。

我低著頭，想到丈夫的體貼和自己的沒出息，不禁熱淚盈眶。我的個性本來就不懂得隱瞞，丈夫之前曾經說我即使說善意的謊言，也都會寫在臉上，所以，我不再試圖掩飾，把今天的事和盤托出。

丈夫聽完之後默默不語，面無表情地回房間換了衣服，剛才叫的壽司剛好送到，我做了簡單的沙拉和湯，丈夫也默默地吃著。吃完飯，我泡了日本茶端給他，坐在沙發上、單手掩嘴的丈夫開了口。

「心情很複雜。」

啊，我很清楚，丈夫一定和我一樣，想起女兒孩提時代至今的點點滴滴。而且不光是回憶，還考慮到她的未來。

「她什麼時候回來？」

「不清楚。她說今天不會太晚。」

「那就和她談談吧。」

「……好啊。」

雖然我表示同意，但其實我並不信任丈夫。他在工作上很有擔當，一旦在家庭內遇到這類問題，往往不敢面對。兒子結婚時，他也不知所措，和媳婦沒說上幾句話；女兒上大學後第一次帶男朋友回家，他聊不到三分鐘就溜出去散步了。

這時，又響起一陣輕快的門鈴聲。

「我搞不懂你們爲什麼這麼大驚小怪。」

女兒仍穿著套裝，坐在桌子對面，不以爲然地頂了回來。她完全沒顧慮到我們是鼓足了多大的勇氣才問出口。

「妳這是什麼態度？妳不知道我們有多擔心。」

「我已經三十一歲了，當然會買保險套保護自己。」

片刻沉默後，丈夫語重心長地問：「妳有正式交往的男朋友嗎？」

「沒有。」

「既然這樣，爲什麼去買這種東西？」

「我剛才不是說了嗎？是爲了保護自己。」

「這種東西，應該是男人買的。」

「女人身上帶這種東西，會讓人家覺得不檢點嗎？爲了面子，即使懷了根本不想要的孩子也無所謂嗎？」

聽到女兒的話，我忍不住拍桌。「妳在胡說什麼？」

「我不想生孩子。我覺得不該在父母面前說這種話，所以一直沒有說……我完全沒有生孩子的打算。」

女兒低沉的嗓音一字一句說道，我知道她並不是出於一時的情緒才這麼說。正因爲如此，我很受打擊。我做夢都沒想到，在幸福家庭成長的女兒竟然不想生孩子。我偷瞄了丈夫一眼，他也瞪大了眼睛，似乎相當震驚。

「因爲妳從小看著我們的關係嗎？」丈夫努力擠出這句話問道。

女兒立刻點頭，室內頓時充滿多年來，我家從來不曾有過的尷尬氣氛。

「因爲，」女兒突然開口小聲說道：「爸爸和媽媽，你們早晚會離開我。年輕時，我曾經因爲生理期來晚了，以爲自己懷孕了。當時我害怕得要命，因爲我不認爲自己和那個人能成爲像你們這樣的夫妻，也沒有獨自養兒育女的勇氣。我也知道早晚我會一個人，所以想早一點結婚。但無論我怎麼找，也找不到如同媽媽眼中的爸爸那樣的人。我很希望永遠過著像現在這樣的生活，所以無論做什麼、和任何男人交往，我都擔心不安得要命。」

女兒說到一半就哭了起來。丈夫和我互看了一眼，我們怎麼也沒有想到，自己的女兒竟然有這種想法。

哭了一陣子，女兒起身說：「我打電話給哥哥。」我家的電話沒有分機，丈夫把手放在女兒的肩上說：「我和妳媽回臥室，妳可以慢慢聊。」

我和丈夫握著手，一起坐在加大的雙人床上。雖然打開了電視，但兩個人都豎起耳朵，試圖偷聽樓下女兒的聲音。

不一會兒，似乎聽到了女兒的笑聲，但又似乎像在嗚咽。我握緊丈夫的手，大約三十分鐘後，樓下傳來女兒開朗的大叫聲，「我要洗澡了！」

我們慌慌張張地下了樓，一起走進客廳，發現電話旁的便條紙上胡亂寫了幾行字。

小心保險套的使用期限。因爲想要安心，才會感到擔心，但這個世界上並沒有眞正的安心。如果不把爸爸和媽媽當成特殊的參考案例，這輩子別想結婚。

她似乎把兒子的話隨手記了下來，最後還寫著「兒子轉告爹地、媽咪的話」。

越擔心，女兒就會離得越遠。

丈夫嘆了一口氣，轉動著脖子。我無力地癱坐在沙發上，打算明天不幫女兒做便當了。

更年期

上了國中，我就深感其實日本有階級制度。雖然我讀的只是普通的公立國中，但因爲國中涵蓋的學區比國小更大，有生以來我第一次親眼看到「有教養的孩子」和「有錢人家的孩子」，方知自己從小生長的環境是多麼惡劣。我以爲自己一輩子都無法擺脫生活在社會底層的命運，國中時代開始自甘墮落。國中快畢業時，打工地方的社長告訴我，日本的階級是完全能憑一己之力往上爬的。考高中那天，我若無其事地走出家門，之後好幾年，再也沒有和背了一屁股債，只會把小孩子當出氣筒的父母聯絡。

從我懂事後，就莫名其妙地特別逞強。靠著這種性格，在十五、六歲後和二十多歲期間，都努力往上爬，根本沒時間感到不安或是哭泣。如今，我三十一歲。不，應該說，照理說，我才三十一歲。

半年前，我就察覺身體狀況不太理想。之前無論再怎麼折騰身體，向來都和感冒無緣的我，某天早晨起床時，竟然感到頭昏眼花、渾身無力。前一天我並沒有喝很多酒，也沒發燒。我不能遲到，於是強打起精神化妝。窗外已經是初秋時節，早晨帶著寒意，但我的身體突然發熱、渾身冒汗，剛擦的粉底都糊了。

幾年前，我到一家經營旅館、飯店和餐廳的企業總公司上班。在此之前我都在第一線工作，因受到公司的拔擢進入總公司企畫部。我國中畢業後，承蒙國中打工地方社長的提拔，在小餐廳當跑堂，十七歲後，在他開的一家高格調的酒吧當兔女郎。二十五歲時，終於可以脫下兔女郎裝，成爲那家酒吧的出納。雖然這麼自誇有點不好意思，但我向來誠實待客，無論做任何事都不偷懶，也很照顧年輕人。出納工作能清楚明白公司的業績狀況，也能看到之前在外場工作時沒注意的不足之處，我直截了當地告訴服務生，沒想到他們相當順從地接受了我的意見。短短的兩年時間，店內的業績迅速提升，令其他分店望塵莫及。於是，我得到總公司的賞識，總算得以每天穿套裝上班。

也因此，我難免遭到周遭人士的蔑視。然而，回顧至今爲止走過的路，我早已體會到，搭纜車上山的人和無數次靠自己的雙腿爬上山的人，在體力和精神的力量上都大不相同，那種小兒科的惡作劇或諷刺挖苦，根本無法造成我的壓力。

然而，這半年來，我的生理周期和經血的量十分紊亂，前一天喝的酒無法順利代謝，上床後難以入睡，沒有一天起床時是神清氣爽的。有時候會突然莫名其妙地感到不安，即使在寒冬身體也會突然發熱、大量冒汗，每次都必須找藉口說是暖氣太強的關係。

那天早晨我也渾身無力，在更衣室補妝時，一個女性下屬向我打招呼。

「鄉田姊，妳聽我說。昨天，我只是告訴宮內姊簡報的日期，她就放聲大哭起來。」

「是喔，那眞慘。」我心不在焉地答道。

她偏著頭，沉默了一下。「鄉田姊，妳最近好像沒什麼精神。」

「喔？是嗎？」我嚇了一跳，感覺好像被她一眼識破了。

「宿醉嗎？」

「對啊。對了，宮內姊的事，妳就多忍耐一下，她應該是更年期。如果在意這種事，只是浪費妳的時間。」

是啊，她點點頭，欣然接受般地走了出去。我也拖著沉重的身體奮力站了起來。今天要舉行由女性團隊負責的餐廳吧的企畫會議，我擔任召集人。雖然很多人都比我年長，但我從小就看起來比實際年齡大，現在有時還會被誤認爲四十幾歲，這可以避免在工作上被人欺侮，但在談戀愛時就吃了很大的虧。我知道，魚與熊掌不可兼得。

一走進會議室，就看到剛才在更衣室裡提到的那個宮內板著臉坐著。她即將邁入五十大關，最近身體狀況不太理想，精神狀態也不穩定。雖然我剛才安慰下屬，但其實我對她也很不耐煩。我自己的身體也有問題，卻想方設法掩飾，宮內卻很情緒化，經常對別人亂發脾氣。

會議進行時，我發現宮內的眼睛和鼻子越來越紅。接下來輪到她做簡報，我不想叫她，但也覺得不應該太遷就她。

「宮內小姐，那就麻煩妳報告一下內部裝潢的估價。」

我的話音剛落，她就站了起來，突然大叫：「妳別一臉了不起的樣子，妳之前不是總裁的情婦嗎?!」

她這句莫名其妙的指控讓所有人啞然失色。然而，這是眾所周知的事實，大家並不是對我的情史感到驚訝，反倒是向宮內的歇斯底里投以責怪的視線。其實這件事根本無所謂，但或許是受不了她的惡意攻擊，我突然感到一陣暈眩，不爭氣地癱在椅子上。

其他女性幹部發現我的大量出血不像月經，把我送去公司附近的婦產科。身體健康向來是我的優點，然而從半年前開始，我的身體突然頻頻出狀況，我不得不懷疑自己是否生了什麼大病。當天我做了所有相關項目的檢查，詳細結果必須等後天才知道，但中年女醫生面不改色地對我說：

「妳似乎沒什麼大問題，可能是更年期障礙。」

我懷疑自己聽錯了，畢竟我才三十一歲而已。或許是我的表情太驚訝了，女醫生帶著憐憫的淡淡微笑解釋，「根據我問診情況的判斷，妳的情況很符合更年期症狀。簡單地說，更年期是指閉經前後的十年，偶爾也會有三十幾歲的人閉經。」

看到我說不出話來，她繼續說：「不好意思，請問妳眞的只有一次墮胎經驗嗎？是否曾有過不當減肥經驗？」

我低下頭，沒有回答。十幾歲時我曾墮胎兩次，二十五歲前和二十五歲後又各有過一次。除了最後一次以外，其他都是既像情人又像父親的總裁的孩子。他說可以生下孩子，但我擅自去墮胎。體重也以十公斤爲單位時增時減。

離開醫院前，女醫生吩咐我去做婦產科以外的全身檢查。我臉頰發燙，不停冒汗，手腳卻像冰塊般冷得發僵。

雖不至於無法工作，但我還是花了一天時間去做全身檢查後才去公司上班。然而，在公司的時候，我不僅無法投入工作，還格外在意下屬的工作失誤，結果卻是自己每天發生一些難以置信的粗心。

我十五歲開始工作，經常在假日加班，從來沒請過年假。我並沒有勉強自己，對我來說，工作並不痛苦，休息在家無所事事才可怕。公司同事勸我請年假休息，這件事我無論如何都不可能同意。

看到我這麼頑固，周圍立刻出現了風言風語，即使我不想聽，也會傳入耳裡——我的總裁情人去年死了，父母又申請破產，甚至到公司來向我要錢。而且我似乎和目前的年輕男朋友相處不順利，搞不好是罹患子宮癌——這些傳聞讓人既無法肯定，也無法否定，最令我難以忍受的，就是說我「簡直變得和宮內姊一模一樣了」。正因爲我之前再三告訴自己，絕對不能像她那樣，所以這話令我不禁愕然。

所有檢查報告出爐的那天，我緊張萬分地前往醫院，院長親自接待我，明確告訴我：「妳全身都沒有問題。」怎麼可能有這種荒唐事？我無言以對。院長說，應該是壓力導致自律神經失調，所以開給我輕度的鎮靜劑。

下午我搭地鐵準備去公司上班。我無力地凝望著黑漆漆的窗戶上映照出的臉龐，說得好聽點，就是我越來越福態了，但其實我很明顯地變老了。

可能是在人生的路上趕得太匆忙了，我和同世代的人話不投機，既沒參加過聯誼，也沒去過迪士尼樂園，更從來沒翻閱過時尚雜誌。我穿上總裁幫我買的衣服去和其他男人約會，但說到底，其實都是爲了男人的身體。一方面是爲了性慾，但我更渴望肌膚之間的親密接觸，無論對象是誰都無所謂。

我抬頭看著掛在地鐵上的女性雜誌廣告，心不在焉地想：我曾經戀愛過嗎？我很喜歡總裁，也對他心存感恩，但對他的感情屬於親情的範疇，所以才不想幫他生孩子。至於其餘的男人，我只是在他們身上尋求鎮靜劑般的作用。

我並不是想談戀愛，只是對於從不曾認眞地談過一次戀愛就迎接閉經的事實感到恐懼。即使向來逞強的我，也無法告訴自己「這無所謂」，我眞眞切切地感受到身體的蒼老和壽命的消滅。

一到公司，我就直奔總務部門，準備利用三月底到期的年假好好休息一下。當我不顧總務部年輕女孩的目瞪口呆，轉身離去時，剛好在走廊盡頭看到宮內姊的背影。我對著她垂頭喪氣的背影叫了一聲。

我走向一臉膽怯的她，心想著除了生理假以外，應該向公司建議設立更年期假。

KTV

「我最、最、最痛恨那些討厭ＫＴＶ的女人。」新來的約聘女職員忿忿地說。

「鷹野小姐，這未免太極端了吧。」我小心翼翼地反駁道。

她舉起正在吃午餐烤魚特餐的筷子指向我，毫不猶豫地頂了回來。

「即使有人說討厭喝酒、討厭看書、討厭野茂、討厭鱉火鍋，大家也不會輕視他，只是在心裡想『世上原來也有這種人』。但爲什麼只有ＫＴＶ遭到不同的待遇？只不過是邀別人去ＫＴＶ，爲什麼得承受輕蔑的目光？喜不喜歡是個人自由，根本沒有理由遭到輕視。新堂算什麼東西？白癡喔。」

聽到她像連珠砲般抱怨完，我嘆了一口氣。

「妳說的沒錯，但新堂小姐不是白癡，而且，用筷子指著別人不太好。」

「啊，對不起。」

鷹野很乾脆地道了歉，但我想她不是爲新堂，而是爲筷子的事道歉。鷹野抽著飯後菸，似乎已經把這件事拋在腦後了。

我在郵購化妝品公司擔任正式員工四年，曾經見過各式各樣的約聘員工來來去去，卻第一次遇見像鷹野這種人。說好聽點，她是天眞爛漫，說難聽點就是神經大條。她進公司才一個多月，我還不知道她到底容不容易相處，所以才約她到這家不會遇到公司同事的餐廳吃飯，沒想到我卻更加搞不懂她。她說她今年三十一歲，和新堂同齡。同樣是三十一歲，兩個人卻有著天壤之別。

「石川小姐，妳有男朋友嗎？」

她突如其來的問題令我張口結舌。「嗯，不，呃，我沒有。」

「我知道了，是不是剛分手？」她以戲謔的眼神看著我，我有點火大。

「不行嗎？」

「沒有不行。我也是剛被男朋友拋棄，那我們今天去唱KTV，好好發洩一下？」

「今天嗎？」

「不勉強啦。」

「啊，我們差不多該回公司了。」

我看了看手錶站起身，沒確切答覆她。鷹野說要打電話給朋友後再回辦公室，我們在餐廳前分了手。不光是她，我覺得和所有比我年長的約聘女職員說話都很累。我這才想起自己已經很久沒去ＫＴＶ了。之前大學時的老同學相約去ＫＴＶ已經是兩年前的事了。如果有人邀，我也不排斥，但我從來不會主動提議去那種地方。

回到辦公室，先吃午餐組的成員都三三兩兩地回來了，晚吃午餐組仍然忙著接片刻不停的電話。我必須負責指導和調度總計五十名女職員，其中只有四分之一的人比我年輕。老實說，我的壓力很沉重，再加上調到這個部門幾乎和遭原本說好要結婚的男人拋棄同時，精神壓力更大。

「新堂小姐，妳差不多該去吃午餐了。」

已經是休息時間了，她仍然伸手準備按顯示來電的按鈕，我急忙叫住了她。她朝我嫣然一笑，拿下耳機。

「謝謝。」

「不，謝謝妳。」

「石川小姐，妳今天的口紅眞漂亮。」

「啊，是其他公司的。」

新堂露出親切的笑容站了起來，走向更衣室。我看著她充滿女人味的舉止出了神。她是一年前進公司的約聘人員，容貌出眾、態度謙和、勇於表達自己的意見，是公司內我唯一可以輕鬆交談的人。我和她曾經一起喝咖啡，向她傾訴戀愛的煩惱，有時候也會一起吃午餐或簡單的晚餐。聽說她離過婚時，我嚇了一跳，但正因如此，人生閱歷豐富的她所說的話，大大改變了我幼稚的戀愛觀。和仰慕的年長女性成爲朋友，給失戀的我帶來了很大的安慰。

「對不起，我回來晚了。」

罵新堂白癡的鷹野回來了，她匆匆忙忙地坐在工作檯前坐了下來。

那天晚上，我糊里糊塗地坐在ＫＴＶ的包廂。之所以這麼說，是因爲鷹野說有一家好吃的餃子店，邀我一起去吃。反正我沒約會，心想與其獨自吃便利商店的便當，還不如和她一起吃飯。我懷抱著這種輕鬆心情和她一同前往，結果好幾個公司同事都陸陸續續出現在那家餃子店，似乎都是她找來的。在我還在納悶到底是怎麼一回事時，就被其他人半拖半拉地帶到ＫＴＶ包廂。兩名年輕約聘女職員、負責總務的年輕女生、公關股長和業務部長，雖然我都認識，卻沒有說過話。她進公司才一個月，是怎樣建立這些人脈的？

剛踏進包廂時大家還有點尷尬，但鷹野帶頭唱了一首〈喝采〉，頓時吵熱了氣氛。那些約聘職員都很年輕，在ＫＴＶ內如魚得水；股長愛喝酒，幾杯黃湯下肚，唱起了八〇年代的流行歌曲；最勁爆的就是部長的一曲〈買菜布吉〉，令人不知該驚嘆人不可貌相，還是選歌不可貌相。我在傷心中唱了中島美雪的歌。

「妳會《甜蜜小天使》片尾曲的配音嗎？」

那幾個二十出頭的女孩在唱早安少女組的歌時，鷹野向我咬耳朵。「應該沒問題吧。」聽到我的回答，她樂不可支地亂摸我的頭，立刻翻歌本點了歌。

「喜歡、喜歡、喜歡、喜歡……」鷹野搖著屁股唱了起來。「好哩，好哩。」當我在一旁配音時，所有人都目瞪口呆，接著捧腹大笑起來。「啊喲，厚子妹妹妳怎麼了？」我豁出去了，大聲吆喝著。「哈……妙哉妙哉。」當我完美無缺地打節拍時，竟然有一種奇妙的成就感。我以為鷹野是因為很會唱歌才喜歡來ＫＴＶ，但後來發現她其實並不是特別會唱，嚴格說起來，是以表演取勝。她時而和原本很靦腆的總務女生一起唱歌，時而搖著沙鈴一起跳舞，很懂得帶動氣氛。最後，大家還紛紛搶麥克風唱歌，離場時好不容易才趕上末班車。當我筋疲力盡地回到家打開燈，每天報到的巨大不安竟然沒有出現。雖然有點不甘心，但我的確感到很暢快。

翌週，上司把我找去，通知我一件令人難以置信的事。公司新僱用了五名約聘人員，所以得解聘五個問題比較大的舊約聘人員。新堂也名列其中。這實在太令人驚訝了，我忍不住向上司抗議。「她連休息時間都在工作。」

「這是兩碼子事。石川，妳應該很清楚顧客對誰的投訴最多。她正義感強是一件好事，但怎麼可以激怒客人？鷹野就不一樣了，最近有客人指名找她下訂單。」

我無言以對，只好咬著嘴唇。裁員的決定權掌握在高層手中，像我這種小職員根本無力置喙。我渾身無力地回到辦公室，整個人癱在辦公桌上。

上司說的沒錯，新堂的確不擅長應付申訴電話和意外狀況。當客人打電話來說美白霜擦了沒效，或是吃了減肥用滋補劑仍然沒瘦下來時，她好像變了個人似地，聲音高八度地對客人說：「基礎保養品怎麼可能立竿見影？至少得用半年後再說。」雖然她表達了公司指導手冊上的內容，但她應該先向客人道歉，然後用客戶能夠接受的方法加以解釋，否則會給公司帶來困擾。現在剛好是新堂的休息時間，鷹野正在接電話。她正對著電話談笑風生，好像在和客人聊天。她很懂得運用善意的謊言，即使接到莫名其妙的申訴，也能微笑應對。

我曾經多次目睹約聘人員遭到解聘，這次卻特別難過。我不得不承認，新堂的確不適合當接線人員。

新堂從上司口中得知僱用契約沒續約後，努力維持表面的平靜。我向她道歉說，都怪我能力不足，她還笑著對我說，「不是妳的錯。」其他人都小心謹慎，不敢和新堂說話，鷹野卻笑著走向新堂，語氣開朗地說：

「妳還剩三天吧？我們約聘人員眞辛苦，今天去KTV好好樂一樂吧？」

我差點從椅子上跌下來。鷹野不可能不記得之前約新堂去KTV時，她還冷冷地說：「那種地方很沒品，也不能好好聊天，不必找我。」而且，更令人驚訝的是，新堂想了一下，竟然極爲乾脆地點頭。

那天晚上，臨時邀集了之前的成員後，一行人再度奔向KTV包廂。剛開始，除了鷹野以外，所有人都很尷尬，當氣氛越來越熱鬧後，上次的情況再度出現。新堂面帶微笑地聽別人唱歌，連續喝了好幾杯酒。出乎意料的是，鷹野也沒有叫新堂「來唱吧」。我突然發現新堂的頭輕輕搖晃著，回想起來，之前從來沒看過她喝這麼多杯，當她搖搖晃晃地起身，說要去洗手間時，我很擔心，想陪她去，鷹野卻阻止我說：「不用管她。」

新堂從廁所回來後，才終於拿起歌本，好不容易按下數字。當股長唱完難聽的RAP後，畫面上出現的是中森明菜的〈難破船〉(註)。

新堂忽然淚流滿面地唱了起來。她的歌聲很動聽，大家都以爲她太投入了。包括鷹野在內的所有人都愣住了，甚至忘了拍手。新堂唱完歌，在鴉雀無聲中抬起手背用力擦著

註：失事船之意。

臉。

「啊，好痛快！」

她一派輕鬆地說道。睫毛膏和眼線都已經哭花了，眼睛周圍黑糊糊的。

城堡

星期六早晨可以賴床，我像往常的假日一樣，一手端著紅茶，仔細翻閱每一張夾報廣告，忽然瞥見一張新建公寓的廣告。我向來喜歡看公寓廣告，更喜歡想像如果是我的房子，就要這麼佈置傢俱。我已經很習慣玩這種遊戲。這不僅是一種樂趣，更讓我心胸澎湃，覺得好像看了不該看的東西，趕緊抓起其他廣告來看。我努力認眞看完附近超市的特賣品，試圖忘記房子的事，卻仍心神不寧，只好再度拿起那張公寓廣告。這一次，我從頭到尾看得十分仔細。公寓地點位於我目前住的地方的隔壁車站，距車站只要五分鐘路程，銷售和施工的公司都是風評不錯的大企業。六層樓的房子總共有三十戶，三房一廳和兩房一廳的房子各占一半，可以養寵物，管理費既不高，也不低。只有頂樓超過一百平方公尺的三房一廳差不多八千多萬，其他的房間大小不一，價格很公道，半年後才能完工、交屋。這個房子所有的條件簡直無懈可擊，我忍不住想把廣告單撕爛。

「乾脆買下來吧。」我朝正在打瞌睡的貓大吼，貓嚇得抬起頭，又馬上睡著了。

當我回過神時，發現自己正在化妝。我從衣櫥中挑出最成熟的套裝，穿上高跟鞋。我從來沒看過樣品屋，但一個人租屋而居多年，知道單身女人最容易被房屋仲介歧視。

或許是剛過中午不久，樣品屋的櫃檯前沒有半個客人。在看樣品屋前，一個坐在時尚辦公桌前的男性負責人員接待了我。他問了我的職業和手頭的資金，我據實以告。沒想到他出乎意料地頓時變得和藹可親，嚇了我一跳。我在租房子時，從來沒受過這樣的待遇。不看實物，看樣品屋知道是怎麼一回事嗎？我有點半信半疑，沒想到樣品屋的漂亮房間讓我第一眼就愛上了它。樣品屋是數量最多的、面積不到七十平方公尺的兩房一廳，聽說有些客人喜歡寬敞一點的客廳，就把原本和室的部分鋪上地板，變成一房一廳的格局。我不懂裝懂地打聽了樓板厚度，業務員很驕傲地說是十八公分。我們回到接待桌旁，他讓我看了大大地貼在牆上的價目表。最上層處貼了三朵類似紅玫瑰的花，一樓和二樓各四朵。雖然我出門時並不是眞的打算買，但看了之後，發現三樓另一個朝東的兩房一廳大小合宜，價格似乎也在我能負擔的範圍，便請業務員幫我計算貸款金額，越來越覺得自己有能力購買。我努力掩飾著內心的困惑離開樣品屋，說需要考慮一個晚上，也許第二天會和他聯絡。

我從來沒向任何人提過，其實我三十一歲，已經有兩千萬圓的存款。我並沒有省吃儉用存錢，然而，一旦開始存錢，就覺得這是一件有趣的事，這幾年便有意識地努力存錢。我在大型造紙廠上班，薪水和獎金不至於高得出奇，但應該比平均薪資高很多。再加上我個性踏實，從年輕時就對金錢很有概念，不知不覺中，存簿上的金額已經相當驚人。

那天晚上，我摸著貓的頭，很難得地左思右想。我從小在單親家庭長大，母親是別人的情婦，我是私生女。陌生的父親或許曾經給過我們資助，但我從小就知道家計困難。我很想讀大學，所以比別人用功一倍，最後以特優生（註）的身分進入東京的私立學校就讀。雖然我不需繳交學費，但母親寄給我的錢都花在房租上，必須靠自己打工賺取生活費。然而，我從來不曾羨慕家境優渥的其他同學，而是爲自己的獨立自主感到驕傲。

我知道貧賤生活百事哀，找工作時便到處應徵高薪、有育兒假和能工作到退休的公司，也如願獲得應徵企業的錄取。原以爲終於能奉養母親了，但母親或許覺得她終於完成育女的義務，在我就職之際選擇回娘家養老。母親的娘家是大戶人家，雖然母親說她只是寄人籬下，但至今仍然平靜地在老家生活。因此，我可以自由支配大部分的薪水。

朋友經常調侃我太節儉，其實我只是過正常的日子。不知是幸還是不幸，我不會喝

註：因學業、品行優秀而免除學費或領取獎學金等特殊待遇的學生。

酒，幾乎不花錢喝酒，我對衣服也沒有太大的興趣，只有在打折時買固定的款式，日用品幾乎在超市大量購買。唯一禁止自己去做的事就是去便利商店，除此以外，我每年都會前往溫泉區或國外旅行，也有PHS的手機。我選擇在能準時下班的星期三和容易受邀的星期五安排才藝課，除此以外，只要朋友邀我去吃飯或唱KTV，我都不會拒絕。每個月十萬圓定存、獎金也拿去存，當積蓄超過一千萬時，我挪去做風險較低的投資。有一天存款總額就變成了兩千萬。

房子是我唯一奢侈的開銷。連同大學時代居住的破公寓算在內，我已經搬了四次家。我用上班後第一次領的獎金搬到嚮往已久的套房，兩年後，又搬到附閣樓的套房，空間也比較大，並和男朋友同居了兩年。和男朋友分手後，搬到在這條私鐵沿線的兩房高級公寓和兩位老朋友同住。原本打算在那裡久住，沒想到在續約前，不小心撿到一隻貓，於是就搬來這個屋齡較長、空間較小，卻能養寵物的一房一廳。聽我這麼說，有人或許會以爲我搬家很順利，其實每次和房屋仲介交涉都讓我留下不愉快的回憶。我明明在赫赫有名的公司上班，腳踏實地地過日子，每次卻都因爲請我青梅竹馬好友的丈夫擔任保證人而無法核准。而且房屋仲介對我說，這麼好的房子要馬上定下來，也讓我聽了不痛快。當初打算結婚與前男朋友半同居，結果家事全落在我頭上，他完全不付水電瓦斯和伙食費，最令我痛苦的，就是想獨處時無法獨處。當時，我便隱約察覺自己不適合婚姻，已做好一輩子單身的心理準備，也因此讓我更熱中於存錢。

這時，門鈴響了，我透過門上的貓眼，看見住在一樓的房東老頭站在門前，我只好無奈地開了門。

「我有能讓落地窗很好開的東西，可以打擾一下嗎？」

我還沒回答可不可以，房東就大剌剌地進了房間，擅自走向陽台打開落地窗，在落地窗軌道上噴了像油的液體。我懶得抱怨，看著自己曬在房東頭頂上的內衣褲。

「妳試試看，是不是很好開？」

「是啊。」

我就是不想道謝。即使是房東，也不能隨便走進房客（尤其是女房客）的房間呀。話說，當初我搬進來時，擔心之前的房客製作備用鑰匙，拜託房東換鎖，當時他根本不予理會，說什麼：「租我房子的都是規矩人，不用擔心。」對於這種老頭子，說什麼也是白費唇舌。房東離開後，我癱在沙發上。一直以爲租房子很輕鬆，不喜歡隨時可以搬家，但我已經對「租房子」感到疲憊。即使看起來再親切的房東，只要雙方相處稍微有點差池，態度就一百八十度大改變。的確，如果我是出租公寓的房東，也會神經緊張地隨時注意房客的一舉一動。無論搬到哪裡，都會遇到惡鄰，或許有人覺得反正自己只是個過客，即使在電梯遇到別人向自己打招呼，也會視而不見。這一切都讓我筋疲力盡，然而，即使我想買房子，也不想請朋友的丈夫當房貸保證人。每次搬家，我朋友都安慰我說沒關係，我卻壓力很大，更何況這次不是租房子，是當房貸保證人，對方應該也不敢輕易答應吧。

我在生理用品企畫部工作，職場內幾乎全是女人，大夥兒平時經常聊買房子的事。大家都知道租房子比較划算，但年紀越大，往往越租不到像樣的房子。所以我一直隱約覺得，如果四十歲之前沒結婚，就得自己買房子。

我移開腿上的貓站了起來，去看活期存款和緊急用的郵局存款的餘額。

半年後，我參加了新建公寓的第一次說明會。心情好久沒這麼激動了。雖然下個月才能看成屋，但那種心情就像是鼓起勇氣參加原本覺得心驚膽戰的高空彈跳，結果發現心情極其暢快。

我觀察著未來將入住同一棟公寓的人。獨自前來的三十多歲女人比我想像中更多，除此以外，還有新婚夫妻、熟年夫妻，以及好幾個單身男人。每個人都一臉燦爛。

最後，我決定不申請貸款。半年前，我把定存和活期存款的金額加一加，發現剛好足夠買那間房子。老實說，拿出所有積蓄的確很令人不安，但距離交屋還有半年時間（中間還會領年終獎金）。在這段期間，我有自信能存超過一百萬，不必煩惱房屋退租時的修補費和稅金之類的費用。

我告訴朋友這件事時，她拚命阻止我，說我平時太節省，才會突然有這麼瘋狂的舉動。我仔細思考，爲什麼我一直傻傻地存錢，就是希望發生緊急狀況時才不會束手無策。對我來說，現在就是「緊急狀況」。只要搞定住的地方，其他的事都好解決。我有生以來第一次產生這麼樂觀的想法。一旦決定用現金，而不是用貸款買房子，對方幾乎不會認眞審核，手續也簡單得令人有點失望，更不需要保證人。

我一邊聽公寓的管理體制和裝潢業者的說明，一邊想像著愛貓和自己的嶄新城堡。太幸福了，我幾乎快暈眩了。

說明會的最後，要抽籤決定管理委員會幹事。當然不會有人毛遂自薦，於是，大家一一走向大會場的講台上抽籤。三十戶中要選出三名幹事。十分之一的機率。上帝，我這輩子都很規矩做人，求求祢，我不想惹麻煩事上身。我一邊默唸，一邊打開三角形的籤，上面畫了一個紅色的圓圈。

我脫口而出的不是「啊……啊」，而是「我就知道」。高空彈跳的繩子好像突然斷了，從夢中清醒的我和另外兩個垂頭喪氣的女人揉著眉頭，顯然只能在掉落的河裡游泳了。

當事人

暑氣逼人的東京。深夜，打工下班後，和大家一起吃中式涼麵時，我看到拉麵店電視上播出的畫面。一架飛機衝進紐約摩天大樓，如同事後大家所說的「好像電影一樣」，轉眼之間樓塌了。我沒有朋友在美國，更和阿富汗毫無瓜葛。然而，我卻有種不同尋常的似曾相識感覺，之後整整一個星期食不下嚥，也向打工的地方請假，說我感冒了。

「妳最近好像沒什麼精神。」餐廳營業前，我正在吧檯擦杯子，店長問我。

「沒有啊。」

「妳自己沒感覺嗎？妳到底準備打破幾個杯子？」

「對不起，請從我薪水中扣吧。」

店長並不是老闆，而是受僱於人。他和我同年，今年三十一歲，他露出非職業性的親切笑容，輕輕打我的頭。

「我不是要說這個，我在爲妳擔心。今天下班要不要一起吃飯？」

「呃，我最近老是睡眠不足……」

這時，那些工讀生談笑風生地走出更衣室，我們的談話也到此爲止，我稍稍鬆了一口氣。我和店長從四年前進這家餐廳後開始交往，所謂交往，其實只是理想的工作夥伴、商量對象，也是可以一起輕鬆喝酒的朋友，彼此間不帶愛戀情愫，但我也不知道爲什麼沒和他繼續深聊這個問題，反而讓我鬆了一口氣。

這是位於辦公街一角的餐廳酒吧——這是比較好聽的說法，其實這家以年輕上班族和粉領族爲主要客層的餐廳面積很大，嚴格說起來，只能算是一家酒吧風格的居酒屋。我在這家餐廳的吧檯負責調飲料。大學畢業後，我沒進入公司，而是從事自由業，不停換工作。之後，進入這家店當女服務生。我第一天上班時，剛好兩名酒保中的其中之一請病假，大家正傷腦筋之際，我主動提出「我會調簡單的雞尾酒」，於是開始了我的酒保生涯。四年前讀大學時，我在一家客人以年輕人爲主的咖啡酒吧打工，當時，我和那裡的酒保交往，他教我調很多酒。我喜歡喝酒，也覺得很快樂，但反正我是外行，即使之後從事自由業，也從來沒向人提起這件事。

這家連鎖店每天到七點半就高朋滿座，裡頭的料理和酒都不錯，價格適中，內部裝潢也很漂亮，二十多歲和三十出頭的客人可以在此輕鬆消費，每天的營業額相當可觀。很少有人點酒單上沒有的雞尾酒。我默默地倒入大量生啤酒，調製琴費士（Gin Fizz）或是莫斯科騾子（Moscow Mule）。這份從營業起到打烊間會不斷有人點酒的工作似乎很適合我，工作中我的腦袋能完全放空，手和身體自動動作，而和坐在小型吧檯前的客人聊一些家常也令我相當愉快。

最後點餐時間的三十分鐘前，我不經意地抬頭時，發現一名老主顧在我面前坐了下來。

「歡迎光臨，好久不見。」

「嗯，最近比較忙。今天剛好比較早下班，想來喝一杯妳的雞尾酒再回家。」

這位五十過半，穿著非常體面的客人約從一年前開始來這家店。我以爲成年男人喜歡去那種環境優雅的酒吧，起初還有點納悶，但他說喜歡喝我調的雞尾酒。本來我還認爲他在打我的主意，然而他每次喝一、兩杯就回家，不僅沒對我圖謀不軌，甚至沒問我的名字。眞是個奇怪的大叔。

「妳怎麼沒精神，感冒了嗎？」連客人都這麼說了，我只好承認。

「對，我情緒有點低落。」

「是啊，這個世界上到處是讓人情緒低落的事，不過，喝了妳的酒，我就有精神多了。」

這番話雖然肉麻，但出自他的口中，我卻能欣然接受。既高興，又有點不好意思。

那天晚上，因爲老闆難得在打烊後來到店裡向員工訓話，我沒趕上末班車。我是打工的，但比其他年輕工讀生時薪高一倍，所以老闆經常把我視爲正職員工。可是正職員工搭計程車回家可以報帳，我卻沒有這種待遇。在這家店工作，偶爾會遇到這種情況，我便請和我住在同一條私鐵沿線的店長送我回家。搭計程車時，他像平時一樣侃侃而談。那天我的身體狀況一早起就不太理想，坐在計程車上時肚子越來越不舒服。

「怎麼了？身體不舒服嗎？」

雖然我努力掩飾，但顯然徒勞無功。

「老實說，我想去廁所。」

「妳說什麼？想大便嗎？」

「請你不要就這樣大剌剌地說出來。」

「還有五分鐘就到我家了，妳忍得住嗎？」

當時的情況緊急，我已經顧不了面子，只能冒著冷汗點頭。計程車停在他的公寓前，我忍著腹痛和暈眩衝進他家，穿著大衣直奔廁所。把肚子裡的東西一瀉而空後，才突然感到很不好意思。雖然我們經常一起喝酒，但跑到單身男子家裡借廁所，實在太丟臉了。我戰戰兢兢地走進客廳，他正在廚房燒開水。

「怎麼樣？肚子還痛嗎？」

「……已經好了。眞不好意思。」

「天氣突然變冷，妳可能著涼了。我煮了熱檸檬茶，妳喝了以後稍微躺一下吧。」房間裡沒有沙發，他指著床說道。

我猶豫了一下，他無奈地笑了起來。

「誰會打拉肚子女人的主意？我去便利商店，妳可以看電視或是翻翻雜誌。」

他果然很善解人意。我脫下外套，坐在床上，關上他爲我打開的電視。我從十八歲起一個人住之後，家裡就沒有電視，也不訂報紙。因爲一旦不小心看到不想看的內容，會造成我極大的痛苦。我曾經因爲這樣被視爲怪胎，遭男朋友甩了。

下腹部仍然隱隱作痛，但我腸胃一向比較弱，也習慣這種情況了，只要稍微休息一下就沒問題。當我躺下時，頓時感到舒適無比，我知道自己這一陣子身體狀況的確不太理想。難道是因爲不再年輕了嗎？一旦閉上眼睛，可能很快就會睡著，我翻著床頭櫃上的雜誌和書。週刊雜誌、漫畫雜誌、文庫本……沒有令我感興趣的，然而，我在那堆雜誌的最下方再度看到了。

我看電車上的廣告知道某本攝影週刊雜誌即將停刊，那是該雜誌的最後一期。不能看。我把雜誌放回原處，告訴自己必須馬上離開這裡，但顫抖的手還是翻開那本雜誌。

在對開內頁上，有一張令我在高中時代每天看無數次，每次都會引起嘔吐和腹痛的照片——飛機失事現場的照片。泥土中出現一個人的腳底，好像玩具娃娃的腳。無數的物品散亂一地，還有屍塊掛在樹枝上。

「喂，妳真的不舒服嗎？我來叫救護車。」他從便利商店回來時劈頭對我問道。

我正趴在床上拚命克制著全身的顫抖和嗚咽，好不容易才小聲地擠出一句：「沒事。」

那年夏天，班上的一個女生搭上了那班飛機。雖然我和她並不是特別要好，但我整天巴著老家的電視，發瘋似地看著新聞報導和談話性節目。暑假結束後，她的座位上放著花，校長和導師要求我們連同那個死去同學的份一起好好活下去，班上所有的女生都哭了，我卻哭不出來。我買了所有之後出版的有關那起空難事件的書和雜誌，埋頭苦讀。父母看到我日漸消瘦，擔心地帶我去看醫生。雖然和醫生無關，但我利用那個機會，把之前所有收集的書統統丟掉，專心用功讀書，完全不去考慮那件事。進大學後，我每天很快樂，很快地把空難事件拋在腦後。我費了九牛二虎之力，才向他解釋了這些事。

「妳從來沒有和別人談過這件事嗎？」

我點點頭，他像安慰小孩般，把手放在我頭上。

「甚至不敢告訴妳男朋友嗎?」

我再度點頭。無論大地震、火山爆發,還是在地鐵內被沙林毒害的小學生,只要有人聊起這類事情,我的心就會自動隔絕這些聲音。我害怕自己知道這些事,害怕自己像高中時的那個夏天一樣,把脆弱的自我逼入絕境,無處可逃。

我抱著他脖子的手臂更加用力。他緊緊抱著我,撫摸我的頭髮。我覺得和他上床也沒關係,但他沒有解開我的襯衫鈕釦。黎明時,當我們都昏昏欲睡之際,他突然說:

「沒關係,妳不是當事人,不需要體會當事人的心情。只要有朝一日自己遇到這種情況時好好加油就好。」

睡意朦朧的我思考著他這句話的意思,但很快便陷入沉睡。

翌週,那個奇怪的老主顧大叔又來了,他一見到我就露出微笑。

「妳精神好多了。」

「對,遇到了一點好事。」

「對啊,生活中總會有好事。」

「我試調了一種獨家雞尾酒,你願意試試看嗎?」

大叔一臉錯愕地說:「我一定要嚐嚐。」他喜歡以伏特加爲主的雞尾酒,所以我加了椰子和檸檬的利口酒，灑了少許抹茶粉。如果他討厭甜味就慘了。不知道他覺得口感如何。

「嗯，讓人安心的味道。」

啊，太好了。我鬆了一口氣。

沒想到他突然說：「我打算退休後開一家酒吧，不知道妳願不願意去我那裡上班？」

他神情嚴肅地遞出名片直視著我。由於太過意外，我一時不知該如何回答。

「反正是兩年後的事。我已經找到一個高手，妳要從學徒開始。」

「爲什麼找我？」我好不容易才擠出這句話。我根本還稱不上是酒保。

「妳的姿勢很好，搖杯搖得很夠力也很恰當。最主要的，是妳很懂得分寸，知道如何和客人保持距離又不失親切。」

他停頓了一下，又繼續說道。「雖然妳看起來很冷淡，但其實很親切，也很堅強。」

以前我一定會說「沒這回事」，姑且不論我是不是親切堅強，但我有一種預感，我終於成爲自己人生的當事人了。

牛郎

我做夢都沒想到，自己會沉迷於牛郎店。雖然我並沒有每個月花一百萬當火山孝女，但這幾個月來，我幾乎每個星期都上門捧場一到兩次，應該算十足地沉迷了。

起初是因為工作採訪的關係，我負責的作家說想上牛郎店看看。如果是朋友私下邀約，我恐怕會拒絕，因為我的膽怯應該會戰勝好奇心。我在大出版社上班，雖然不比二十多歲的時候，但工作也很忙碌，如果有時間去牛郎店，我更想把這些時間拿來看書或是睡覺。我向週刊雜誌的人打聽適合初涉此地的優良店家後，和那個女作家誠惶誠恐地走進那家店。這家店把牛郎搔首弄姿的照片裝飾在狹小的空間中，亮閃閃的室內裝潢既沒格調又俗氣，場地卻大得出奇。我向來習慣在座位間隔安排得宜，有現場演奏的銀座文藝酒吧招待男作家，對那家店的佈置感到驚訝不已。四十多歲的單身女作家被從年輕男子到中年男人，年齡容貌各不相同的牛郎團團包圍，露出我從未見過的興奮模樣。我提心吊膽，當時根本無法樂在其中。那些牛郎紛紛塞了一堆寫上手機號碼的名片給我，稱讚我的髮型和服裝，拐彎抹角，卻糾纏不清地問我的電話，我根本無意告訴他們。當他們問我的血型和星座，或是問我：「妳覺得我看起來像幾歲？」時，我忍不住說：「這又不是在聯誼，難道想不出更好的話題嗎？」

然而，如今我每天都期待曉的電話。曉這個字不讀「Akira」，而是「Akatsuki」。他十八歲時從外地到此當牛郎，無論長相、姓名和人生經歷，都是道道地地的牛郎。這天，我好不容易盼到他的來電時，剛好在吃飯，無法接電話，後來在語音信箱裡聽到他很有禮貌的留言，「妳似乎在忙，請注意保重身體，我明天再打電話給妳。」我沒刪除留言，保留了下來，因爲我想在晚上睡前再聽一次。和作家一起吃飯、續攤到十二點多才結束，我渾身疲憊地坐上計程車回家。中途手機響了，我以爲是曉，慌忙接起電話，結果竟然是我男朋友。

「妳現在人在哪裡？我有空，要不要去喝酒？也可以去妳家。」

「我正搭車準備回去。不好意思，剛才請客人吃飯，我累死了，改天吧。」說完，不等他回答，我就喀嚓一聲掛上電話。

他還是那麼自私。如果是以前，我會毫不猶豫地請司機掉頭，或是趕緊回家整理房間迎接他。多虧了曉。我整個人再次倒在計程車座椅上，重重地嘆了一口氣。六年前，因爲工作的關係，我認識了在報社工作的他。雖然我們在交往，但他和他太太還沒離婚，只是分居而已。我們都很忙，有時整整兩個月都沒時間見面。我發自內心地喜歡他，甚至不懂自己爲什麼會這麼喜歡這種不乾不脆的男人。無論再怎麼累，只要他有時間，我就會調整自己的作息，即使不睡覺也要和他見面。我和比我大三歲的他無論是聊天或身體上都很契合，他也說和我在一起時最自在。我一直期待有朝一日能和他結婚，但自從認識牛郎曉之後，我對這段感情逐漸感到疲累。

三個月前我生日那天，他說無論再晚也要見面，結果卻臨時告訴我因爲工作無法脫身，害我空等一場。一身盛裝坐在飯店酒吧的我無法消除內心的怒氣，無力地掛上他的電話。如果就這樣回家睡覺，絕對會消化不良。雖然我也可以去平時一個人喝酒的店，但卻提不起勁。在等他的時候，我已經喝了不少酒，便借著酒意，打電話到那家牛郎店，找第一次去的時候坐在我身旁，不理會周圍的聒噪，獨自默默吃仙貝的年輕牛郎。沒想到他喜出望外，不到二十分鐘就趕到了。他說接到我的電話很高興，即使不去他的店消費也無所謂。聽他這麼說，我反而不好意思，最後和他一起去了牛郎店。

之後，曉每天都會打電話給我，但每次都不會超過兩分鐘。想到他只是在做生意，心情反倒輕鬆多了。只要我可以早下班，我就會去他店裡指名他坐檯。除非太累，否則我也會等他下班後，帶他一起去營業到深夜的餐廳吃飯。聽曉說，他們的日薪只有幾千圓，如果沒有指名費或是帶客人進場，根本無法生活。除了遲到以外，如果在週末沒有客人指名坐檯也會被罰錢。聽他這麼說，我感慨地說：「原來如此。」如果是富婆，聽到這番話，絕對立刻成爲火山孝女。我也是在了解牛郎店的制度後，決定盡力幫他。

單獨相處時，他都會牽我的手，說一些肉麻的話，或是用力擁抱我。在計程車或路上時，會不經意地給我一個吻，這一切都是只有情人之間才會做的事。然而，不可思議的是，想到這只是模擬戀愛，並不需要負責任時，我反倒比和男朋友相處時更陶醉其中。

「我知道粉領族很辛苦，但我覺得妳好像越來越像男人婆了。」

比我小六歲的曉曾經語帶調侃地這麼說我。他對我說，絕對別用鼻子吐煙、即使開玩笑也不要自稱「大爺」、妳穿裙子絕對比較好看；和我見面時，請妳當個小女人。不知道爲什麼，每次聽他這麼說，我都乖乖順從。雖然我才三十一歲，但很久之前就已經放棄當女人了。因爲處理腿毛很麻煩，便乾脆整天穿長褲。自從曉稱讚我的腿很漂亮後，我就儘可能穿絲襪，也抽空去之前買了禮券卻因爲太忙而沒有去的美容沙龍。公司的人都說我突然變漂亮了，其中一定有鬼，但我不能告訴他們這是牛郎的功勞，只能一笑置之。男朋友也因爲我不像以前那樣整天打電話給他，偶爾見面時比以前更溫柔，還說我「好像脫胎換骨，更有女人味了」。

幾天後，原本預定晚上才會拿到的稿子竟然在下午就送來，我得以提早下班，於是決定去曉的店裡捧場。他並不是店裡的紅牌，但除了我以外，也還有其他老主顧，所以會不時轉檯到其他客人那裡。期間，其他牛郎就來坐檯。當英俊帥氣的年輕男人問：「我可以喝啤酒嗎？」、「我可以點小菜嗎？」時，那種感覺眞不壞。當然，這些都是我買單，每次結帳的金額差不多五萬圓左右，我想他們應該是刻意控制在這個數字，但我從來沒確認過。我三十歲時，年收入就超過一千萬圓，許多男人賺得比我少，還要養家糊口，所以，我每個月在牛郎店花上二十萬左右也不爲過，如果能因此買到心靈的安定，實在太划算了。而且，我隱約覺得，差不多一年之後我就會厭倦。

那天，曉下班後，我熟悉的那家店也人滿爲患，一時間不知道要去哪裡。我不想去可能遇到工作相關人士的地方，在深夜的路上沉思。曉說想去我家裡，我想了一下，隨即點頭答應了。我說家裡沒食物，他若無其事地說，可以去便利商店買肉包子。我們搭計程車到我家附近，買了飲料和食物走出便利商店時，曉從袋子裡拿出肉包子說，我們邊走邊吃。

「這樣很沒規矩，回家再吃吧。」

「這種東西就是要在冷冷的天氣趁熱吃。」他毫不介意，把肉包子遞給我。

「你眞是年輕。」我苦笑著咬了一口肉包子，沒想到好吃得出乎意料，彷彿回到學生時代，心情頓時雀躍起來。雖然和這件事無關，但那天晚上，我和他上了床。雖然曉還年輕，但畢竟是在聲色場所工作多年的男人，好久沒和男朋友上床的我竟緊張得要命，但在曉的引導下，我在不知不覺中進入忘我的境界，並驚訝地發現自己竟然會發出那種聲音，曉就像熱中於新玩具的小孩，一次又一次地嘗試我。

黎明時分，當我們渾身癱軟地躺在一起時，傳來開門的聲音。曉比我更早警覺，不免慌了手腳，我制止了他，穿上浴袍走出臥室。我之前就有預感，所以事先拴上門鏈。我將門打開一條縫，看到男朋友的臉。兩人視線交會之際，我指了指曉的皮鞋，他難掩驚慌，但還是勉強點點頭，轉身離開了。

「等一下。」我脫口叫住了他，「把備用鑰匙還給我，丟進信箱吧。」

說完，我關上門，用力鎖上門鎖，讓門外的男朋友也聽得到。

即使發生這件事後，男朋友和曉對我的態度一如往常。男朋友把鑰匙還給我，但只要一有空，仍然會打電話找我，曉也每天打電話來問什麼時候可以見面，或是說什麼看不到我很寂寞之類的話。但是兩人都無法像之前那樣令我高興，我甚至有點生氣。我的憤怒不是針對男朋友，也不是曉，而是我自己。我到底在幹什麼？到底打算幹什麼？

在設計工作室開完會打算回公司時，看到一家手機公司的服務站。我不由自主地走了進去，買了一隻新手機。然後，把使用多年、記錄了男朋友、曉、工作上的合作對象以及朋友電話的手機電池拔掉，丟進車站的垃圾筒中。我沒有絲毫悲傷，只是暗自想道，回公司後，要聯絡幾個重要的朋友，說我手機遺失了。然後，我突然覺得渾身輕鬆，沒搭手扶梯便從樓梯跑向山手線月台。

大眾澡堂

辭去工作已經一年。短大畢業後就職的那家中型銀行被大銀行合併之際，我主動遞出辭呈，之後一直是無業遊民。原本以爲一年不工作自己就會坐立難安，沒想到至今我仍沒有工作的意願。

搞不懂什麼？最搞不懂的是我自己。

我並不是特別奇怪的人，從小既沒有比別人優秀的地方，也沒有太大的缺點。既沒有興趣愛好、專長，長相也很平凡。我學會了如何與人相處和處世哲學，既不會極度惹人厭，也不會大受歡迎。從普通的短期大學畢業，沒特別想做的事，便由校方幫我斡旋，找到銀行的工作。我的薪水並不理想，也經常被人使喚，但我覺得工作就是這麼一回事。

我趁銀行被吸收合併之際辭職這件事所言不假，但其實眞正的原因是洗澡。有一天，我下班後累得像狗一樣回到家，簡易浴室竟然沒有熱水。洗臉台和小廚房的水龍頭也一樣，可能是熱水器壞了吧。這麼微不足道的一件事，竟成爲壓垮駱駝的最後一根稻草。我甚至無力打電話到瓦斯公司請他們來修理，覺得所有事都麻煩透頂。那天晚上，我沒卸妝就鑽進被子，一直睡到翌日中午過後才起床。我第一次無故曠職。下午時我昏昏沉沉地下了床，穿著睡衣走到陽台，在陽光中喝著牛奶，覺得附在身上的某些東西消失了，感受到一種寧靜而眞實的解脫。

我想去附近的澡堂好好洗個澡。我知道附近有澡堂，卻是第一次造訪。雖然櫃台在外面，但澡堂內的佈置和我小時候老家浴室改裝時去的大眾澡堂一模一樣。老舊的木質地板和牆壁、高高的天花板和很難說是擦得一乾二淨的一整片牆上的鏡子，還有籐編的籃子和圓形大體重計。我緊張地脫下衣服走向浴池，發現三點剛過，澡堂裡卻有不少人。當然，大部分是老年人，也有小孩子和他們的母親，以及比我更年輕的女人。我驚訝的不是澡堂還在用那種黃色的洗臉盆，而是這種洗臉盆居然還在量產。我在大浴池內伸展手腳，牆上沒有富士山，而是在磁磚上複製夏卡爾的畫，由於技巧拙劣到滑稽的程度，反而令人莞爾。我慢條斯理地洗身體和頭髮，再度泡進浴池，沒想到泡了太久，有點頭昏。我用浴巾裹著身體，躺在更衣室的長椅上。沒有人走過來問我「妳還好嗎？」。可見這裡允許別人躺著休息。我心不在焉地聽著幾個老婆婆聊一些沒營養的話題，感覺好一點就去買了冰牛奶咖啡，用傳統美容院那種罩在頭上的吹風機把頭髮吹乾，也順便去按摩椅上坐了一下。

走出澡堂時，太陽早就下山了，我突然感到肚子極餓，我沒化妝，也沒穿內衣，就這麼走進路旁的一家蕎麥麵店吃了份豬排飯。我完全不在意別人的目光，終於發現原來我以前太勉強自己，太逞強了。

之後的三個月，我幾乎整天都在睡覺，好像要把國中和高中時的份（我這才想起，我讀短大時好像睡很多），以及進公司後十年間清晨勉強起床的份統統睡回來。我睡到下午起床，昏昏沉沉地去澡堂，回家的路上去吃天婦羅丼、咖哩豬排或是石鍋拌飯這些之前禁止自己吃的高熱量食物，回到家打開電視，不到一個小時，又再度昏昏欲睡。

有一天，男朋友突然打電話給我，說他就在附近，問我要不要出去。我們倆在我辭職前就失去聯絡，我以爲他拋棄了我。我納悶地來到車站附近的居酒屋，這個曾經是我男朋友，或者說我曾經交往過的男人一看到我，就露出奇怪的表情。不知道他是驚訝、不悅，或是失望，總之，就是那樣的表情。

「妳是不是變胖了？」他劈頭就問。

我沒有因爲這句話而受傷，回答說：「胖了三公斤。」並向店員點了啤酒。好久沒有喝酒了，我發自內心地大嘆冰啤酒太好喝了，一口氣喝掉半杯。

「我上個星期聽野口姊說妳辭職了。」

我一邊啃著雞翅，一邊想誰是野口姊，但還是點點頭。

「妳每天在幹嘛？」

「去澡堂。」

「……打工嗎？」

「怎麼可能？我只是去洗澡。」

沉默片刻後，他皺著眉頭說。「妳還好吧？」

「什麼東西好不好？」

「經濟方面和接下來的工作，還有這身打扮。」

和他直接從公司過來的一身襯衫、領帶的打扮相比，我身上的T恤、運動褲，腳上趿著一雙海灘拖鞋，的確顯得邋遢，但我的生活費還不需要擔心。我之前一直沒時間花錢，只要不鋪張，目前的存款足夠我生活兩年。而且，我是沒必要打扮得光鮮亮麗，才會這樣一身輕鬆。我想這麼解釋，卻還是忍住了。或許因為我不說話，他坐立難安了起來。

「呃，妳該不會想和我結婚，讓我養妳吧？」

這次輪到我吃驚了。我好不容易過起這種閒閒沒事做的生活，完全沒想過要結婚。

「我完全沒有這種念頭。」

如果我回答「對，沒錯」，他一定會不知所措。但聽到我這麼回答，他卻露出失望的表情。我們有一搭沒一搭地聊著，分別喝了三杯啤酒，把下酒菜全吃光了。結帳時，我拿出錢包，他卻說：「今天是妳生日，我請客。」這時，我才驚覺今天是自己三十一歲的生日。我說了聲「謝謝款待」，他卻滿臉怒氣地轉過頭。我們在店門口分道揚鑣。

入秋時，我開始做這份不尋常的計時工作。某天我那很少有動靜的電話突然響起，我一接，電話裡有個女人說：「我是野口。」我記得之前也曾納悶過誰是野口，但還是想不起來。她又重新自我介紹說：「我是妳之前工作那家銀行的野口。」這時，我才終於想起她是我的直屬上司。她比我早進公司三年，我的前任男朋友就是她的遠房親戚，所以當初才會介紹給我。

她問我是不是另外找到工作了，我老老實實地回答暫時不想工作。於是，她便說她有個不情之請。

「我臨時決定要去旅行，能不能麻煩妳幫我照顧貓？」

搞什麼？原來是這麼點小事。我原以爲會被捲入什麼麻煩事，聽她這麼說不禁鬆了一口氣。野口小姐說，之前經常幫忙她照顧貓的公司同事結婚了，她正在傷腦筋。雖然東京也有專門照顧寵物的保姆，但她不想把家裡的鑰匙交給陌生人。我說反正我每天都閒著沒事，我老家也養貓，所以沒問題，她高興得連聲道謝。

之後，每次野口小姐離開東京，我就住去她家。她換工作後，薪水似乎比以前更優渥，她住的高級公寓的玄關和我住的簡陋套房差不多大。她養的兩隻據說是姊妹的金吉拉很乖巧，我一天中幾乎有大半時間都躺在舒服的沙發上，和兩隻貓一起恍恍惚惚。傍晚時，再去我之前找好的公共澡堂洗澡，隨便找一家店吃完晚餐後回家。雖然我向野口小姐說不用付薪水，但她說這樣她以後才方便開口拜託，堅持每天付我五千圓。野口小姐人脈很廣，不久之後，她的朋友也請我幫忙照顧她們的寵物。偶爾有小型犬和熱帶魚，但都會單身女性的寵物以貓佔絕大多數。或許是野口小姐曾經吩咐過她們，所以，即使我說不需要付那麼多薪水，但她們還是執意每天付五千圓，而且都說可以隨便吃她們冰箱裡的食物，那些注重打扮的女人甚至給我許多她們不穿的衣服，有些幾乎是九成新。我在過年時也不回老家，所以幫忙照顧三戶人家的寵物。其實不過是餵貓吃貓食、清理廁所、撫摸貓的頭，並在電話中告訴主人「貓咪很乖」而已。她們都住在高級公寓，大眾澡堂休息時，也可以借她們家的浴室使用，令我感激不已。

久而久之，野口小姐和她的朋友視我爲寶，還語帶玩笑地說：「希望妳一直不要去找工作。」雖然我知道這可能算是夾縫產業，但我完全沒有工作的感覺。我的存款不僅沒減少，反而呈小幅成長。即使如此，我仍然沒修理家裡的浴室，繼續往公共澡堂跑。

黃金週結束的翌週週六，我受邀去野口小姐家玩。她們一票朋友要聚餐，便邀請我參加，感謝我這一陣子的幫忙。我找不到拒絕的理由，就應邀前往。

那一天我才知道她們之前是某女子大學同一個研究社的，專門研究女性學和女權主義。雖然她們的年齡各不相同，但我都幫她們照顧過寵物，不至於太緊張。所有人的酒量都很好，我也跟著多喝了幾杯。

「雖然妳幫了我們很大的忙，但妳以後有什麼打算？」說話向來很客氣的野口小姐難得地以找碴的語氣看著我問道。

「不，我根本沒考慮過這個問題。」

「那妳要不要來我們事務局幫忙？目前人數已經增加，也想舉行一些座談會。」

「不，如果是照顧貓，我還可以幫忙，但我不想工作。」我含糊其詞。

野口小姐倏地用力甩了我左臉一巴掌。事出突然，我一時間不明白發生了什麼事。其他人慌忙拉著她的手，把她拉離我身旁。

「我知道妳在心裡瞧不起我吧，覺得我們這樣拚命工作很愚蠢吧？」

我整個人僵在原地，聽著她的咆哮，有人悄悄向我咬耳朵說：「對不起，最近她一喝醉就會這樣。」我趕快告辭，離開她家。

雖然傍晚已經去過澡堂，但我又去了一次。我不是想去醒酒，而是想讓劇烈的心跳平靜下來。

快打烊的澡堂裡沒什麼人，更衣室也寂靜無聲。我拿起寄放在那裡的水桶、肥皂和洗髮精，在自己的固定座位坐了下來。我茫然地看著水龍頭，豎耳傾聽著別人洗澡的聲響，和放臉盆時在天花板產生的回音。

「妳不舒服嗎？」一個看來年紀不大的大嬸一絲不掛地經過我身旁時問道。

「不，沒有，我剛才喝了點酒。」

「這種時候要特別小心，我勸妳淋浴就好。」

好，我笑著回答。找人來修浴室的日子可能會無限期延後吧。

三十一歲

半年前，老爸梅開三度。四十九歲的他已經離過兩次婚，有兩個同父異母的兒子，竟然還不怕死地結婚，他到底在想什麼？我望著老爸，他坐在桌旁，喝了葡萄酒後的臉有點紅，臉上帶著笑容，但我很清楚，他內心很失望。

今天是老爸新婚妻子的三十一歲生日，他向公司請假，一大早便著手張羅了一整桌菜，還邀早就獨立生活的我這個長子，以及在他縣高中就讀，住在學校宿舍的弟弟一起回家，沒想到開葡萄酒時，新繼母的母親（也就是繼外婆）打電話來說她閃了腰。繼母十分緊張，說很擔心，想回位在近郊的老家看一下。老爸說要開車送她，她像安慰小孩般對老爸說：「偶爾不要有外人，你們父子三人好好聚一下吧。」然後留下我們三個人轉身離開了。不要有外人……我在心裡語帶諷刺地嘀咕道，但比起爲第三任母親慶生，只有我們父子三人的氣氛的確輕鬆多了。

老爸有點遺憾，但似乎也很高興和兩個兒子獨處。他不停地爲我倒紅酒，也爲正在發育的弟弟夾菜。我並不討厭老爸，只是覺得他很愚蠢，但無論如何，我算是喜歡他。他的愚蠢實在過於直率，我踏入社會三年，從來沒遇過像他這樣的男人。

「光二，要不要來點紅酒？」

老爸問已經兀自喝完兩罐啤酒的弟弟。十七歲的弟弟面無表情地點點頭，老爸開心地去廚房拿酒杯。

「你的酒量眞好，在宿舍也喝嗎？」老爸不在，我直截了當地問。

「對，我小學時，我媽就叫我陪她晚酌。」

「對喔，里惠媽媽最近好嗎？」

「最近我和她沒見過幾次面，但聽她在電話裡的聲音，好像還是老樣子，像怪獸一樣地拚命工作。」

弟弟的母親，也就是老爸的第二任妻子年輕時自己創業，我第一次認識她時，她是事業有成的女老闆，在郊區有一棟大房子。當時也是三十一歲。我在那個家住了十年。

我的親生老媽也是在三十一歲時和當時二十二歲的老爸結了婚。老媽當時從事速記工作，根本無法指望比她小十歲的老爸養家。我出生後不久，老爸就因爲喜歡拈花惹草被老媽趕了出去。這是我後來才聽說的。老媽獨自把我養大，今年五十七歲了，還陸續接一些速記的工作，我們偶爾會一起吃午餐或在假日一起提早吃晚餐。或許是我袒護自己人，但在餐廳見面時，覺得老媽比實際年齡年輕，舉止高雅、有品味。可能因爲這樣的關係，同齡的女生在我眼裡都像小孩子。之前我也曾被女朋友罵：「你喜歡老女人，有戀母情節！」我快上國中時離開老媽家。當時，老媽決定再婚，我居然不覺得難過，反而感到高興。隨著時代的進步，速記的工作慢慢減少，況且老媽才四十過半，總不能這樣一輩子單身吧——雖然我還是孩子，這點道理我還懂。老媽的再婚對象很老實，但我不想叫他爸爸，也無意和他們一起生活。我和老爸商量這件事，他說家裡的房間多到沒人住，後來幾乎是央求我搬過去和他住。我覺得這樣也不壞，於是就和老爸、他的第二任妻子，以及同父異母的弟弟一起生活。

女老闆繼母很豪爽，理所當然地歡迎我和他們同住。由於父母經常很晚回家，我很積極地照顧同父異母的弟弟和打理家事。這並不是出自寄人籬下的虧欠感或是義務感，應該和里惠媽媽（當時大家都這麼叫她）一樣，覺得是「理所當然」的事。弟弟沉默寡言，但有很多朋友，不需花太多心思照顧他。他的運動神經超強，我和他玩過足球後，他的球技頓時突飛猛進。一上小學，立刻被網羅到當地的少年足球隊。對我來說，那只是在普通的家庭輕鬆地生活了十年。但弟弟被以足球隊聞名全國的高中挖角，決定去住學校宿舍後，老爸不知道第幾次外遇被發現，里惠媽媽終於向他提出離婚的要求。當時我已經在工作了，原本就打算搬出去住，所以他們的離婚對我並沒有影響。但老爸又被妻子趕出家門，雖然他是自作自受，當時意志還是很消沉。

「兒子啊，怎麼樣？」老爸拿著新的酒杯回來，這麼問道。

「這雞味道不錯。」弟弟語氣平淡地回答道。

「我不是問你料理，是我的新太太。」

我和弟弟互看了一眼。我不知道弟弟是怎麼想的，但我的心情很複雜。老爸挑女人的眼光很好，這次的繼母是自由服裝布料設計師，無論年輕設計師或是著名的服裝設計師都會向她大量訂購布料。她的品味不錯，遇到有前途的年輕人，經常提供優惠的價格。是個能幹、善良的三十一歲美女。

我暗自思忖，爲什麼老爸可以連續三次騙到溫柔體貼的好女人。老爸在赫赫有名的大廣告公司上班，負責一些電視相關的大型活動，工作能力也差強人意。和普通上班族相比，他的衣著打扮算極爲講究，但他的外表也可能讓人覺得無法信任。他看起來很善良，事實或許也是如此，但只要稍微有點眼光的人，一眼就可以看出他只是個「好色的笨蛋」，但三個女人都願意嫁給他，她們應該知道老爸愛搞七捻三吧。這實在太令人費解了。

「她人很好，也很漂亮。」

弟弟以討論燉雞感想般的平淡語氣談論對新繼母的看法。「是喔，是喔……」老爸得意地連連點頭，轉頭看著我。我也可以說和弟弟一樣的感想，但認爲應該稍微提醒他一下，同時，又覺得這正是他的魅力所在。他有一種讓人覺得他是蠢貨，卻覺得應該稱讚他一下的特質。

「老爸，你對女人很有眼光。眞希望你可以傳授一下，怎樣才能騙到三個美女。」

這番話有一半是奉承，有一半是出自眞心。老爸露出沉思的表情，我暗自期待，以爲他會說出有女人緣的秘訣。

「我也不知道，反正就保持平常心。」

一直面無表情的弟弟噗哧一聲笑了出來。他一邊笑，一邊探出身體看著老爸的臉。

「我之前就想問，爲什麼你老是和三十一歲的女人結婚？是特別鎖定目標嗎？」

「喔，那倒是。你們不覺得三十出頭的女人很棒嗎？漸漸有了主見，做事也果斷，這個年紀既可以重新開始，也可以站在起點上。」

「只要注重保養，身材也很好。」

我隱約覺得弟弟已經不是處男了，但聽他這麼說，更證實了我心裡的想法。弟弟雖然沒染頭髮，但長得和第二任繼母很像的臉已經不再像孩子般稚嫩，而且聽說他未來篤定可以進J聯盟，沒有女人緣才怪。

我也在十六歲時第一次嘗禁果，原本打算把這個祕密帶進棺材。當時，我拜託弟弟的親生母親，也就是里惠媽媽時，她很乾脆地讓我上了她的床。因爲說好下不爲例，之後里惠媽媽和我相處的態度也一如以往，所以算是幫了我大忙。這話雖然聽起來像狡辯，但我覺得既然繼母幫我解決了處男的問題，我至少應該自己找工作。於是，畢業後我不靠家人的關係，四處求職。直到今天，老爸還會語帶調侃地挖苦我，「只要乖乖進我們公司，年收入是你現在的兩倍。」每次我都想說：「開什麼玩笑，我才不想從別人口中聽到你的八卦。」但還是強忍住了。

「對了，光二，你已經有過性經驗了吧？」

弟弟和老爸難得聊得這麼投機，老爸問了這個問題。

「半年之前。到目前爲止只有一個人而已。」

「一個人就足夠了，你才十七歲，別太奢求。怎樣的女生？」

這時，弟弟奸笑著，轉頭看著我。一開始我搞不懂他爲什麼看我，但他始終不懷好意地笑著，我終於恍然大悟。

「她年紀比你大吧？」

我忍不住笑了起來，一邊這麼問，一邊在桌子下輕輕踢了踢弟弟的小腿。弟弟也回踢了我一腳，把杯子裡剩下的紅酒一飲而盡。老爸可憐又可愛到滑稽的程度，一臉納悶地看著我們。

「你們在笑什麼?也告訴爸爸嘛。」

三十一歲的女人太棒、太善解人意了。我笑得肚子都痛了，幫老爸倒酒時，還不小心灑了出來。我不討厭老爸，託他的福，人生才會這麼快樂。我帶著微醺這麼想道。

小說

我壓根兒都沒打算離婚，也沒半點想要離婚的念頭。然而，卻主動提出離婚申請書。

我曾經在某本雜誌的散文中看到，人生最痛苦的事，不是被人討厭，而是別人對妳完全失去興趣。即使不需要這篇散文的提醒，我以前就十分清楚，「喜歡」的反義詞不是「討厭」，而是「漠不關心」。我從小就是不受重視的孩子，長大以後也一樣。所以，我很珍惜為數不多的朋友，一旦交到男朋友，就樂得飛上了天，但也隨時擔心對方對我失去興趣。

三十一歲的我靠寫小說維生，但我的收入不足以自給自足，搬離和丈夫同住的公寓後，只能回娘家，睡在二樓以前哥哥的房間，吃娘家冰箱裡的食物，埋頭寫小說。我是徹頭徹尾的單身米蟲。不，我還沒離婚，既不算單身，也不是離婚回娘家，而是半吊子的身分。我身體很健康，大可外出工作，但還是辭去所有打工。照理說，應該規規矩矩地每天認眞寫小說，事實卻不是如此。我一下搭一個小時電車去市區讓編輯請我吃晚飯、喝酒，回家時間太晚，就乾脆睡在商務飯店。我和編輯聊起「我要出國旅行」時，編輯還笑著挖苦說：「妳眞好命。」

我放棄和丈夫的共同生活回娘家，是基於各式各樣複雜的原因，導致我別無其他選擇。當初我們約定婚後生活費完全平均分攤，但起初銷路頗佳的小說卻慢慢滯銷，我只能靠打工補足不夠的部分。我不是逞強，對我來說，這並不是痛苦。能接觸到整天窩在家裡寫小說所無法駐足的新世界是一大快樂，也讓我交到朋友，只是因此導致寫作時間銳減。丈夫本來就不會幫忙做家事，我是在知情的情況下和他結婚，所以只能獨自默默地打工、寫稿、做家事。或許是因爲沒有做好充分的心理準備，夫妻倆很快就出現了問題。我開始焦躁不安，又無法當面向丈夫發洩。禍不單行，隨著泡沫經濟的崩潰，丈夫的工作也受到影響，收入應該大幅減少。我之所以無法確定，是因爲他從來沒給我看過薪資單。當然，我也從來沒給他看過版稅的匯款通知，所以我們可以說是半斤八兩。丈夫不僅遭到減薪，工時也增長，經常深夜才滿臉疲憊地回家。

家計最困難的時候，終於有大出版社請我寫長篇小說。我無論如何都想寫，比起賺生活費，務實（至少我自己這麼認爲）的我想放下一切，埋首於這份工作。於是，我搬離了公寓。雖然內心感到屈辱，但我想投靠娘家，讓見底的存款稍有起色，待經濟穩定後，再重回丈夫身邊。我也這麼告訴我的丈夫。

分居後不久，和從小一起長大的女性友人見面時，我告訴她這些來龍去脈，沒想到她斬釘截鐵地說：「不行，一旦分居，你們的關係就完蛋了。」

「是嗎？我還是常常回公寓看看。」

「一旦妳離開那個家，那就再也不是妳的家了。是妳離開那個家的，即使妳老公帶女人回家，妳也沒權利責怪他。」

曾經離過婚，獨自養育孩子的她說這番話特別有說服力，我感到不寒而慄。

不出幾個月，她的預言就成眞了，亂成一團的公寓的確可以感覺得出其他女人出入的痕跡。和他住在一起時，我從來不曾注意過其他男人，如今卻也有了心儀的對象。我不是很清楚丈夫的新女友稱不稱得上是女友，當我對他說，既然你已經有了新戀情，那就沒辦法了，他嚴詞否定說：「不是這麼一回事。」但當我不假思索地大聲斥責說：「有本事談戀愛，幹嘛沒勇氣承認！」時，平時向來不假辭色地反駁或是悵然地低頭不語的他，卻不知所措地說不出話。而我向喜歡的對象示愛時，他卻說：「妳不是已婚嗎？」完全不把我當一回事，結果，我連他的手都沒握到。我難過、心煩，感到前途茫茫，但他的正直反而令我比以前更喜歡他。我決定不輕易放棄，想再多花點時間追求他。

我那女性友人的確言之有理，當距離和心靈之間產生間距後，其他東西就會輕易地趁虛而入。

分居後，我曾經和丈夫談過幾次。然而，越談越發現我們的感情已經走到終點，也知道我眞的還沒長大。丈夫說，他不討厭我，卻對我失去了興趣，既然我主動離開，他也鬆了一口氣，但他又說，這裡也是妳的家，妳隨時可以回來。

我不想思考丈夫和自己之間的問題，才埋頭寫小說，或是去東京儘可能找編輯見面。偶爾和丈夫見面聊天時，發現他越來越疲倦，離我越來越遙遠。久而久之，離婚這個字眼出現在我們的談話中，每次都讓我產生很奇妙的感覺。我想要找回和他之間的感情，希望再度吸引他的興趣才離家，沒想到卻事與願違。

我記得最後一次和丈夫見面是在初夏的時候，我搬離公寓即將滿一年。我們約在橫濱車站，爲了和久違的丈夫見面，我穿上自己最漂亮的洋裝赴約，但他身穿在家裡穿的舊牛仔褲和不知誰去夏威夷買回來送他的T恤。他向來注重穿著打扮，搭電車時，至少會穿一件有領釦的襯衫，沒想到那天卻連鬍子也沒刮，這令我頓時洩了氣。我已經不想流淚，反而開心起來。

我們在車站大樓隨便找了家店吃義大利麵，當然話不投機，我只顧著聊自己的工作。丈夫在新婚時就對我的工作興趣缺缺，如今對我這個人也失去興趣，我很清楚他根本左耳進，右耳出。無論我問他什麼，他都閃爍其詞。我發現他無神的雙眼不是看不到我而已，而是看不到任何東西。

走出餐廳，走向車站剪票口的途中，我問丈夫：「那我們要離嗎？還是不離？」

「妳看著辦吧。」他心不在焉地回答。

丈夫是世界上我最愛的男人，這和我喜歡別的男人是不同的感情。然而，他的這句話斬斷了我所有的情絲。結婚不久我懷了孕，當時我曾經煩惱到底該生下來還是放棄，他也對我說：「妳看著辦吧。」

他似乎想就這樣和我說拜拜，我對他說：「送我到剪票口吧。」這是我最後的抵抗。他不置可否地淡淡笑了笑，送我到剪票口，但當我走過自動剪票口回頭一看，卻發現他已經轉身離開，甚至沒回頭看我一眼。那是我們以前頻頻回首揮手的地方。

抵達了娘家所在的車站下車後，我在通往家裡的長坡道上抽抽答答地哭了起來。丈夫的態度這麼冷淡，大部分原因出在我的身上。當我偶爾回家拿換洗衣服時，會順手幫他打掃房間，每當發現開了封的保險套或是兩支牙刷，我總是默默地丟掉。牙刷的事似乎是我的誤會，後來他無力地對我說：「別再鬧了。」

即使我想和父母商量丈夫的事，他們也不願意聽，每次都巧妙地躲避我。這也是一種僞裝成體貼的漠不關心，所以，我回家也不能哭。我是自作自受。一回到家，我就關在房間，戴上收音機的耳機躺在床上。最可怕的就是晚上入睡前的那段時間，我每次都會回想起和丈夫在一起的幸福時光。越幸福的回憶越像一把刀，深深地折磨我。我仔細靜聽ＤＪ的每一句話，不讓自己有任何思考的餘地。

翌日傍晚，我從橫濱車站坐上東海道線，準備去東京開會。那一陣子，只要我安靜下來，心情就會變得十分晦澀，所以每次搭電車都會用隨身聽聽音樂。而且隨身帶著文庫本，避免有任何時間上的空檔。然而，那一天，當東海道線經過多摩川的那一刹那，連我自己都很驚訝的感情突如其來地湧上心頭。

我不知道發生了什麼事，只覺得眼前豁然開朗，心情莫名地興奮起來。我眞切地感受到自己活著，眞眞實實地感受到這麼理所當然的事。

我的小說銷路不佳，也就是說，無法吸引大多數讀者的興趣。然而，書評的迴響卻很理想，也逐漸接到一些常態性的工作。

既然對方已經對我失去興趣，我對他的興趣也無法持續，我和丈夫曾經契合的幸福時光已然結束了。人無法回到過去，前方才是我要走的路。我不知道是否能自食其力，也幾乎沒有任何讓我產生信心的根據，但在小說的世界中，有那麼一些對我有興趣的人願意接納我。失去的已經失去了，我已經不再害怕。

我從小就對自己不受人疼愛感到自卑，這種誤信囚禁了我很多年，只有小說可以讓我擺脫它。那一刻，世界出現了不一樣的色彩，我親身體會到，只要能寫小說，我就可以活下去。

單戀既痛苦，又令人心焦。無論是丈夫，還是心儀的對象，或是小說都一樣。我在擁擠的東海道線中發現，這種心焦正是推動我前進的至寶。

日本暢銷小說 44

31歲又怎樣

原著書名／ファースト・プライオリティー
原出版社／KADOKAWA CORPORATION
作者／山本文緒
譯者／王蘊潔
責任編輯／張富玲（初版）

編輯總監／劉麗眞
發行人／凃玉雲
出版／麥田出版
104 台北市中山區民生東路二段 141 號 5 樓
電話／(02) 2500-7696
傳眞／(02) 2500-1967
部落格／http://ryefield.pixnet.net
發行／英屬蓋曼群島商家庭傳媒股份有限公司
城邦分公司
104 台北市中山區民生東路二段 141 號11樓
網址／www.cite.com.tw
讀者服務專線／(02) 2500-7718；2500-7719
服務時間／週一至週五：09：30～12：00
13：30～17：00
24 小時傳眞服務／(02) 2500-1900；2500-1991
讀者服務信箱 E-mail／service@readingclub.com.tw
劃撥帳號／19863813
戶名／書虫股份有限公司
香港發行所／城邦（香港）出版集團有限公司
香港灣仔駱克道 193 號東超商業中心 1 樓
電話／(852) 2508-6231　傳眞／(852) 2578-9337
馬新發行所／城邦（馬新）出版集團
[Cite (M) Sdn. Bhd.]
41, Jalan Radin Anum, Bandar Baru Sri Petaling,
57000 Kuala Lumpur, Malaysia.
電話：(603) 9057-8822　傳眞：(603) 9057-6622
電郵：cite@cite.com.my

封面設計／蕭旭芳
印刷／前進彩藝有限公司
排版／浩瀚電腦排版股份有限公司
□2009 年 2 月初版
□2023 年 8 月二版4刷
定價／280 元

國家圖書館出版品預行編目資料

31歲又怎樣／山本文緒著；王蘊潔譯. - 二版. --
台北市：麥田出版：家庭傳媒城邦分公司發行, 2018〔民107〕
面；　公分. --（日本暢銷小說：44）
譯自：ファースト・プライオリティー
ISBN 978-986-344-536-4（平裝）

861.57　　107000758